MW00965064

VIVIRÉ CON SU NOMBRE, MORIRÁ CON EL MÍO

colección andanzas

Bibliografía de Jorge Semprún

El largo viaje *(Tusquets Editores)*

La segunda muerte de Ramón Mercader *(Planeta)*

Autobiografía de Federico Sánchez *(Planeta)*

El desvanecimiento *(Planeta)*

La algarabía *(Plaza & Janés)*

Montand, la vida continúa *(Planeta)*

La montaña blanca *(Alfaguara)*

Netchaiev ha vuelto *(Tusquets Editores)*

Aquel domingo *(Tusquets Editores)*

Federico Sánchez se despide de ustedes *(Tusquets Editores)*

La escritura o la vida *(Tusquets Editores)*

Adiós, luz de veranos... *(Tusquets Editores)*

Viviré con su nombre, morirá con el mío *(Tusquets Editores)*

Veinte años y un día *(Tusquets Editores)*

Pensar en Europa *(Tusquets Editores)*

JORGE SEMPRÚN

VIVIRÉ CON SU NOMBRE, MORIRÁ CON EL MÍO

Traducción de Carlos Pujol

Título original: *Le mort qu'il faut*

1.ª edición: junio de 2001
2.ª edición: junio de 2011

Diseño de la colección: Guillemot-Navares

Tusquets Editores, S.A. - Cesare Cantù, 8 - 08023 Barcelona
www.tusquetseditores.com
ISBN: 978-84-8310-172-8
Depósito legal: B. 23.635-2011
Fotocomposición: Foinsa - Passatge Gaiolà, 13-15 - 08013 Barcelona
Impresión y encuadernación: Book Print Digital, S.L.
Impreso en España

Índice

A Fanny B., Léonore D. y Cécilia L.,
jóvenes lectoras exigentes y alegres

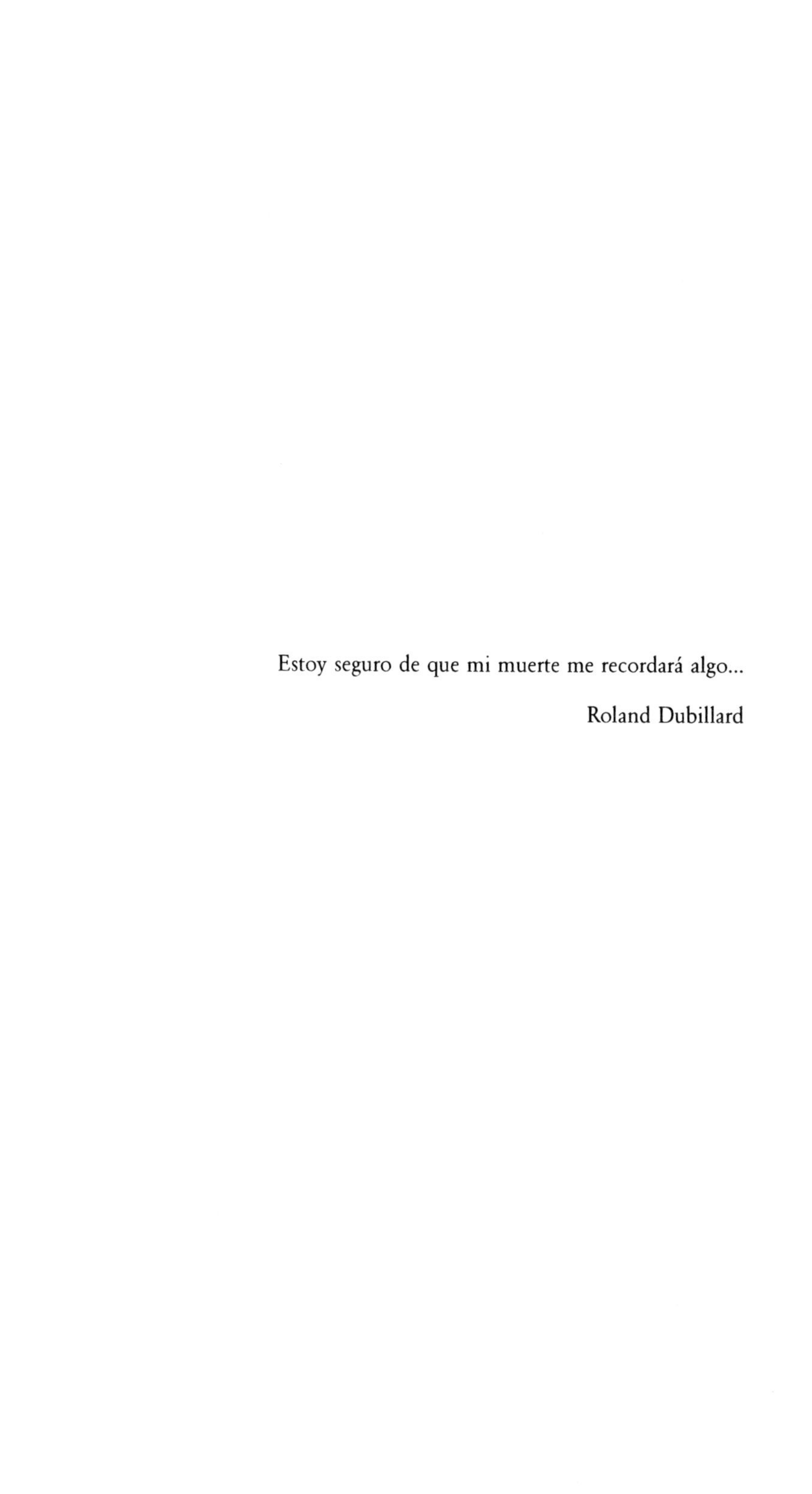

Estoy seguro de que mi muerte me recordará algo...

Roland Dubillard

Primera parte

–¡Ya tenemos el muerto que necesitábamos! –exclamó Kaminsky.

Se acercaba a grandes zancadas, ni siquiera esperó a estar junto a mí para trompetear la buena noticia.

Un domingo de diciembre: sol de invierno.

Alrededor, los árboles estaban cubiertos de escarcha. Por todas partes nieve, como si siempre hubiera estado allí. En cualquier caso, tenía el reflejo azulado de lo eterno. Pero el viento había cesado. Sus habituales ráfagas en la colina de Ettersberg –violentas, ásperas, glaciales– ya no llegaban hasta aquel pliegue del terreno en el que se levantaba el edificio de las letrinas del Campo Pequeño.

Furtivamente, al sol, en la ausencia del viento mortífero, era posible olvidar, pensar en otra cosa. Eso me dije al llegar al lugar de la cita, ante el barracón de las letrinas colectivas. Uno podría decirse que acababan de pasar lista, que tenía por delante, como todos los domingos, unas cuantas horas de vida: una fracción apreciable de tiempo que no iba a pertenecer a los SS.

Uno podría cerrar los ojos al sol, imaginarse con qué llenar aquel tiempo disponible, milagro semanal.

No había mucho donde elegir, desde luego los límites eran estrictos. Pero probablemente así es en todas partes, al menos para la gran mayoría de los mortales. Sin embargo, aunque con un margen muy escaso, era posible elegir: algo excepcional, exclusivo de las tardes de domingo, pero real.

Por ejemplo, cabía la posibilidad de decidirse por dormir.

Además, la mayoría de los deportados salía corriendo hacia los dormitorios apenas acababan de pasar lista los domingos. Olvidarse, perderse, tal vez soñar. Se dejaban caer sobre el jergón de los catres e inmediatamente se dormían. Después de la lista, después de la sopa del domingo –siempre de fideos, la más espesa de la semana, siempre bien acogida–, parecía imponerse la necesidad de la nada reparadora.

También era posible hacer un esfuerzo, vencer el sueño atrasado, el cansancio de vivir, e ir a reunirse con unos compañeros. Recrear una comunidad, a veces una comunión, cuando ésta no era sólo la del pueblo natal o la de la guerrilla, del movimiento de resistencia; cuando era además política o religiosa: aspirando a ir más lejos, es decir, a una trascendencia, dejándose aspirar por ella.

En resumidas cuentas, vencerse a sí mismo para salir de uno mismo.

Intercambiar señales, unas palabras, noticias del mundo, gestos fraternales, una sonrisa, una colilla de *machorka*, trozos de poemas. Briznas ya, restos supervivientes o dispersos, porque la memoria se desmenuzaba, menguaba. Los poemas más largos que se conocían de memoria, que se habían guardado en el fondo del corazón, *El barco ebrio*, *El cementerio marino, El viaje,* se reducían ya a unos pocos versos deshilvanados, sueltos. Por supuesto, más conmovedores aún porque emergían de la bruma de un pasado aniquilado.

Precisamente aquel domingo las noticias que teníamos que comunicarnos eran más bien tranquilizadoras: los americanos resistían en Bastogne, no cedían ni un palmo de terreno.

Pero el sol de diciembre era engañoso.

No calentaba en absoluto. Ni las manos ni la cara ni el corazón. El frío glacial se agarraba a las tripas, cortaba el aliento. El alma se resentía, quedaba dolorida.

A todo esto Kaminsky se acercaba a grandes zancadas, con aire jovial. Gritaba la buena noticia cuando aún estaba a cierta distancia.

Por fin: ya tenían el muerto que necesitábamos.

Ahora, inmóvil delante de mí, erguido sobre sus botas, corpulento, con las manos metidas en los bolsillos laterales de su capote azul de *Lagerschutz.* Pero su rostro móvil, la vivacidad de sus ojos, reflejan la excitación.

–*Unerhört!* –exclama–. ¡Inaudito! Tiene tu misma edad, con pocas semanas de diferencia. ¡Y encima es estudiante!

Dicho de otro modo, un muerto que se me parece. O soy yo quien ya se parece a él.

Como de costumbre, la conversación con Kaminsky se desarrolla en una mezcla de dos lenguas. Luchó en España, en las Brigadas, y habla un español todavía fluido. Le gusta intercalar palabras españolas, a veces frases enteras, en nuestras conversaciones en alemán.

–*Unerhört!* –exclamó, pues, Kaminsky–. ¡'Inaudito'!*

Y añade, sin duda para subrayar el carácter verdaderamente inaudito de aquel muerto tan conveniente:

–Parisiense, como tú.

¿De verdad soy parisiense?

No es el momento de discutir aquel asunto. Kaminsky me mandaría a tomar por el culo. Tal vez hasta en ruso. En la abigarrada mezcla de idiomas de Buchenwald –de la que el inglés quedaba excluido, qué se le va a hacer: Shakespeare y William Blake no hubieran estado en su elemento– el ruso creo que es el que dispone de la mayor variedad de expresiones para mandar a alguien a tomar por el culo.

Kaminsky se reía con una especie de júbilo brutal.

–¡La verdad es que tienes suerte!

Es una frase que me han dicho a menudo a lo largo de estos años. Una constatación que han hecho

* Aparecen entre comillas simples las palabras y expresiones que figuran en español en el original francés. *(N. del T.)*

a menudo. En todos los tonos, incluyendo el de la hostilidad. O la desconfianza, la sospecha. Debería sentirme culpable de haber tenido suerte, sobre todo la de sobrevivir. Pero no estoy dotado para esa actitud, que literariamente es, sin embargo, muy rentable.

En efecto, parece, y eso no ha dejado de sorprenderme, que hay que mostrar cierta vergüenza, una conciencia culpable, al menos si se aspira a ser un testigo presentable, digno de confianza. Un superviviente digno de este nombre, que merece serlo, y a quien se puede invitar a los coloquios sobre el tema.

Está claro que el mejor testigo –en realidad, el único testigo verdadero, según los especialistas– es el que no ha sobrevivido, el que llegó hasta el final de la experiencia y murió en ella. Pero ni los historiadores ni los sociólogos han conseguido aún resolver esta contradicción: ¿cómo invitar a los verdaderos testigos, es decir, a los muertos, a sus coloquios? ¿Cómo hacerlos hablar?

He ahí un problema que el paso del tiempo de todas formas se encargará de solucionar por sí mismo: pronto ya no quedarán testigos molestos, de embarazosa memoria.

De todas maneras, yo tenía suerte, era inútil negarlo.

Pero no voy a aportar ahora las pruebas de ello, eso nos desviaría del objetivo principal, que es contar cómo habían encontrado el muerto que necesitábamos. Y para qué sirve el muerto que se necesitaba, por qué hoy es tan oportuno.

–Ahora mismo –añadió Kaminsky–, cuando vayas al *Revier* lo conocerás.

Digo que no.

–Mira, yo ya conozco a los muertos. Veo muertos sin cesar, en todas partes. Éste, el mío, puedo imaginármelo.

Veinte años, como yo, estudiante parisiense. Sí. Puedo imaginarlo.

Kaminsky se encoge de hombros. Como dándome a entender que no he entendido nada. Aquel muerto, el mío –que pronto seré yo, porque probablemente no tardaré en adoptar su nombre– está vivo. Al menos todavía vivo. Sin duda por unas cuantas horas. Con toda seguridad tendré que conocerlo.

Me cuenta cómo van a ir las cosas.

Aquello empezó el día anterior.

O sea, el sábado por la mañana, a una hora difícil de precisar. De pronto sonaron unos golpes sordos, insistentes, mientras dormía profundamente. Un sueño se había coagulado en torno a aquel ruido. Clavaban un ataúd en algún lugar del fondo de mi sueño, más o menos hacia la izquierda, a lo lejos, en el oscuro territorio del sueño.

Yo sabía que estaba soñando, sabía qué ataúd se clavaba en aquel sueño. Sabía sobre todo que me iba a despertar, que aquellos golpes repetidos –¿un martillo en la madera del ataúd?– me despertarían de un momento a otro.

Así fue: Kaminsky estaba junto a mí, en el estrecho pasillo que separaba los catres del dormitorio. Golpeaba con el puño en el travesaño de la litera más próximo a mi oreja. Tras él vi la mirada preocupada de Nieto.

Incluso saliendo de un brusco despertar, del sueño brutalmente interrumpido, era fácil comprender que estaba pasando algo insólito.

Kaminsky no era solamente un compañero, era también uno de los responsables de la organización militar clandestina. En cuanto a Nieto, era uno de los tres principales dirigentes –de hecho, el número uno de la troika– de la organización comunista española.

Que Kaminsky y Nieto hubieran ido juntos en mi busca significaba algo importante.

Me incorporé enseguida dispuesto a lo que fuera.

–Vístete –me dijo Kaminsky–. Tenemos que hablar contigo.

Un poco después me hablaron.

Estábamos en los lavabos de la primera planta del bloque 40. Yo acababa de enjuagarme la cara con el agua helada de la pila central. Las brumas algodonosas del sueño se disipaban.

Los lavabos se encontraban desiertos, porque a aquella hora de la mañana todos los deportados estaban en sus puestos de trabajo. La víspera yo había formado parte del turno de noche en la *Arbeitsstatistik*. No había habido mucho trabajo en el fichero central que tenía a mi cargo. Precisamente por eso Willi Seifert, nuestro kapo, había organizado el turno de noche, *Nachtschicht*, para que se pudiera descansar alternativamente.

Despaché bastante aprisa el registro de los movimientos de mano de obra deportada transmitidos por los diferentes servicios. Luego pude charlar tranquilamente con los veteranos alemanes que aceptaban que se charlase con ellos tranquilamente: no eran muchos. En realidad, a mi alcance sólo tenía a Walter.

El resto de la noche lo pasé leyendo. Terminé la novela de Faulkner que había pedido en préstamo a la biblioteca para aquella semana de trabajo nocturno.

Hacia las seis de la mañana, después de que pasaran lista y de que se fueran los kommandos de trabajo, volví al bloque 40. Sebastián Manglano, mi compañero madrileño, vecino de jergón, estaba en la cadena de montaje de las fábricas Gustloff.

Iba a tener toda la anchura del catre para mí solo.

El agua helada de la pila central había disipado el sabor áspero y rasposo del sueño interrumpido: ahora podían hablarme.

Fue Kaminsky quien resumió la situación.

Aquella misma mañana había llegado una nota de Berlín. Procedía de la Dirección Central de los Campos de Concentración, e iba dirigida a la *Politische Abteilung*, la antena de la Gestapo en Buchenwald. Y esa nota me concernía, pedía informaciones acerca de mí. ¿Aún estaba vivo? En caso de vivir, ¿seguía en

Buchenwald o estaba en un campamento anejo, un kommando exterior?

–Tenemos dos días de tiempo –añadió Kaminsky–. Pister tenía prisa, se iba de viaje. La nota no se entregará a la *Politische Abteilung* hasta el lunes.

Hermann Pister era el oficial superior SS que mandaba en el campo de Buchenwald. Sabíamos que no había transmitido inmediatamente la nota de Berlín a la Gestapo del campo.

–Tenemos tiempo hasta el lunes –repitió Kaminsky.

Nieto estaba tan poco sorprendido como yo por la seguridad de Kaminsky, por la precisión de sus informaciones. Aunque no daba más datos, limitándose a citar hechos, como si hubiese estado allí viéndolo con sus propios ojos –afirmaba, por ejemplo, que Pister había encerrado bajo llave la nota de Berlín en un armario metálico de su despacho–, conocíamos sus fuentes.

Conocíamos, al menos a grandes líneas, el funcionamiento del aparato de información de los comunistas alemanes de Buchenwald.

Sin duda había sido un «triángulo violeta», un objetor de conciencia, miembro de la secta de los *Bibelforscher*, quien había dado aviso de la llegada de la nota de Berlín.

Los *Bibelforscher*, «investigadores de la Biblia», también llamados testigos de Jehová, que llevaban un triángulo violeta, ya no eran muy numerosos en Buchenwald en el invierno de 1944. Internados debido a negarse por sus convicciones religiosas a usar armas, años atrás habían sido objeto de castigos colectivos y represalias asesinas. No obstante, desde hacía algún tiempo, sobre todo desde que Buchenwald había entrado en la órbita de la industria de guerra nazi, los *Bibelforscher* supervivientes habían sido destinados por lo común a puestos privilegiados de criados, ordenanzas o secretarios de los jefes SS.

Algunos de ellos aprovechaban su situación para prestar servicios considerables a la Resistencia organizada por los comunistas alemanes, sus compatriotas, que en Buchenwald manejaban los resortes principales del poder interno.

De este modo, casi todas las decisiones importantes de Berlín referentes al campo eran conocidas por la organización clandestina, que podía así prepararse para evitar o atenuar sus efectos más negativos.

–Nuestro informador –dijo Kaminsky– sólo ha podido leer el comienzo de la nota de Berlín. Pero allí figuraba tu nombre y la solicitud de datos acerca de ti. El lunes, cuando se entregue el documento a la *Politische Abteilung*, podrá ver lo que contiene el resto. Entonces sabremos quién pide noticias tuyas y por qué.

En efecto, ¿por qué alguien se interesa por mí en Berlín? No tengo ni la menor idea, me parece absurdo.

–Esperemos al lunes –les dije.

No están de acuerdo, nada de esperar.

Ni Kaminsky ni Nieto comparten mi punto de vista.

Me recuerdan que en las últimas semanas ha habido varios casos de resistentes franceses –o de británicos detenidos en Francia– a los que también buscaba la *Politische Abteilung*, y que fueron convocados a la torre de control y ejecutados. Me citan a Henri Frager, mi jefe de Jean-Marie Action, que ha sido uno de esos desaparecidos. La Gestapo se fijó en él en el campo y le asesinaron.

Sin duda, decía yo, pero en todos esos casos se trataba de agentes importantes de los servicios aliados de espionaje y de acción: jefes de grupo, responsables militares de primera fila.

Yo no soy más que un subalterno, una especie de sargento, les dije.

Precisamente, Frager me había dicho que me incluiría con el grado de sargento en los registros militares de los F.F.I. O sea, que no hay comparación posible. No puedo imaginar ningún motivo por el que la Gestapo siga interesándose por mí, cuando ha pasado más de un año desde que me detuvieron. Estoy seguro de que esos tipos ya me han olvidado.

–¡Ahí tienes la prueba de que no! –me contestó Kaminsky tajantemente–. No te han olvidado, aún se preocupan por ti.

No podía negarlo, pero aquello no tenía sentido; tenía que haber otra explicación.

Eran obstinados, no querían dejar nada al azar, y continuaron interrogándome acerca de mis actividades en la Resistencia, tratando de entender el interés de Berlín. Yo volví a hablarles de la MOI, de Jean-

Marie Action, un grupo clandestino Buckmaster, de las circunstancias concretas de mi detención en Joigny.

Pero todo eso ya lo sabían. Al menos Nieto lo sabía perfectamente. Ya me interrogó acerca de estas cuestiones cuando me repescó para la organización comunista española, después de mi llegada al bloque 62 del Campo Pequeño.

Fue él quien zanjó el asunto después de un rato de discusión y de preguntas.

–Escucha –me dijo–, hoy no hay nada que temer. Pero el lunes tenemos que estar preparados para cualquier cosa, dispuestos a reaccionar inmediatamente.

Su mirada siempre es seria, pero se hace extrañamente próxima, fraternal.

–El Partido no quiere correr el riesgo de perderte –añade.

La fórmula era más bien solemne, pero la sonrisa de Nieto corregía esta impresión.

Kaminsky intervino.

–Sí, hoy no pasa nada. Puedes seguir durmiendo. Esta noche te presentas en la *Arbeitsstatistik*, tal como esperan, para el otro turno. Pero mañana domingo, después de la lista de las doce, nosotros nos encargaremos de ti. Vas a ingresar en la enfermería con una enfermedad grave y súbita... Ya veremos cuál. O sea, que cuando pasen lista el lunes por la mañana, constarás oficialmente como uno de los enfermos del *Revier*. Luego, según las noticias que tengamos, o vuelves a la vida del campo, después de cuarenta y ocho horas o unos cuantos días de ausencia justificada, o desapareces. Si la nota de Berlín es de verdad inquietante, hay que tratar de hacerte morir administrativamente. ¡Ahí es donde la cosa se complica! No va a ser muy fácil encontrar en tan poco tiempo un muerto a la medida, cuya identidad puedas adoptar. ¡Y siempre son posibles las comprobaciones de los médicos SS! Probablemente, si todo va bien, tendrás que irte en un kommando exterior, para cortar toda relación con Buchenwald, donde hay demasiada gente que te conoce por tu verdadero nombre.

Esta historia me fastidia enormemente.

La idea de tener que irme de Buchenwald me fastidia enormemente. Está visto que uno se acostumbra a todo. El refrán español enuncia una gran verdad resignada y pesimista, como todas las verdades de la sabiduría popular: «'Más vale malo conocido que bueno por conocer...'».

–Una vida nueva con un nombre falso en otro lugar, no veo las ventajas –le confieso tristemente furioso.

Furioso sobre todo porque no llego a creer que exista un peligro real.

–Bueno, el nombre no será el tuyo –comenta Kaminsky plácidamente–. Pero la vida sí que será tuya: una vida verdadera, a pesar del nombre falso.

Tiene razón, pero todo eso me fastidia enormemente.

Creo que voy a volver a los dormitorios para instalarme a mis anchas en el catre, que tendré para mí solo. Quizá para volver a mi sueño, quién sabe.

Al día siguiente, domingo, bajo un engañoso sol de invierno, Kaminsky me anuncia que han encontrado el muerto que necesitábamos.

Que por otra parte es un moribundo.

No sé por qué esta idea me turba, me produce malestar. Hubiese preferido que el joven parisiense, que encima es estudiante, ya hubiese muerto. Pero a Kaminsky no le digo nada de eso. Me hubiera regañado con su mentalidad brutalmente práctica.

Un muerto, un moribundo, ¿dónde está la diferencia? ¿En qué cambia las cosas?

–Déjate caer por el *Revier* a las seis –me dijo–. Te espero allí.

Se ríe, está claro que le encanta jugársela a los SS.

Me ofrece un cigarrillo, sin duda para celebrar el acontecimiento: una marca alemana de tabaco oriental. Es lo que fuman habitualmente los privilegiados o *Prominenten*, kapos, jefes de bloque, hombres del *Lagerschutz*, la policía interior, que está a cargo de los mismos deportados alemanes.

Willi Seifert me invita a la misma clase de cigarrillos cuando me llama a su despacho de la *Arbeitsstatistik* para una conversación a solas.

La hierba de *machorka* rusa, que hay que liar con papel de periódico, no es para ellos, eso es para la plebe de Buchenwald.

El sol brilla, ya nos lo hemos dicho todo, doy una calada a ese cigarrillo de privilegiado.

Desde luego, por lo que se refiere al tabaco y a la comida, yo formo parte de la plebe. Suelo fumar la hierba ácida de la *machorka* rusa. En raras ocasiones, por otra parte. De vez en cuando, una colilla compartida, deliciosa. Y me alimento exclusivamente de las raciones del campo.

Al despertarnos, a las cuatro y media de la mañana, antes de pasar lista y de que se reúnan los kommandos de trabajo, el *Stubendienst*, que se ocupa del servicio de la cuadra –primer peldaño de la administración interior, que está a cargo de los propios presos–, nos reparte un vaso de líquido caliente y negruzco al que se llama «café», para abreviar y hacerse entender por todo el mundo.

Al mismo tiempo se recibe la ración de pan y margarina para aquel día, a la que se añade, de manera irregular, una rodaja de sucedáneo de salchichón, de una consistencia extrañamente esponjosa, desde luego, pero enormemente apetecible: esas mañanas a uno se le hace la boca agua.

Después de la jornada de trabajo, la lista de la tarde y el regreso a los barracones, el *Stubendienst* reparte la ración de sopa: un caldo muy aguado en el que flotan restos de verduras –sobre todo col y rutabaya– y unas escasas hebras de carne. La única sopa relativamente espesa de la semana es la de los fideos del domingo. Un plato suculento, como para que a uno se le salten las lágrimas. Pero eso ya lo he dicho.

Cada cual se distribuye a su manera la ración cotidiana.

Hay quien la devora inmediatamente. A veces incluso de pie, si no hay lugar para sentarse a las mesas de los comedores. No tendrán nada más que comer hasta la sopa de la noche. Doce horas de trabajos forzados, más una media de dos horas entre las listas y los desplazamientos.

Catorce horas que hay que soportar con el estómago vacío.

Otros, en los que yo trato de incluirme, guardan para la pausa del mediodía una parte de la ración cotidiana. No es fácil. Hay días, muchos, en que no lo consigo. Hay que dominarse, imponérselo, para no devorarlo todo en el acto. Porque se vive en una angustia nauseosa de hambre permanente. Hay que olvidar por un momento el hambre de aquel mismo momento, obsesionante, para imaginar concretamente la que se tendrá a las doce del mediodía, si no se ha guardado nada para entonces. Hay que tratar de vencer, de dominar el hambre real, inmediata, con la idea del hambre que se va a tener, imaginada, pero acuciante.

Sea cual fuere el resultado de este combate íntimo

de todos las días, sólo tengo para comer la ración del campo, en principio la misma para todos los presos.

Sin embargo, algunos, en número difícil de precisar –de todas formas, varios centenares de deportados– escapan a la norma común.

No me refiero al estrato de los privilegiados (kapos, jefes de bloque, *Vorarbeiter* –contramaestres–, hombres del *Lagerschutz* y otros). Todos éstos ni prueban la sopa cotidiana, la desprecian o la ignoran, viven en otro circuito alimenticio paralelo. Circuito desde luego conocido por los SS, al menos en sus grandes líneas de apropiación y distribución. Y tolerado por ellos. Sólo surgirían problemas, que las autoridades nazis cortarían por lo sano inmediatamente, si la actividad paralela de ese circuito perjudicase los intereses y los trapicheos de los mismos SS.

Pero no hablo aquí de los *Prominenten*.

Hablo de la plebe de Buchenwald, que por otra parte no es una masa informe, indiferenciada, sino un conjunto social relativamente estructurado, jerarquizado, según criterios de pertenencia política o nacional, del lugar que ocupan dentro del sistema de producción, de la cualificación profesional, del conocimiento o ignorancia de la lengua alemana: lengua de los amos y de los códigos de trabajo, de comunicación y de mando. Es decir, lengua de posible supervivencia.

En función también, desde luego –es lo último que menciono, pero es primordial–, del estado de salud, de la capacidad física.

Todas estas condiciones objetivas se disponen de manera singular, que no tiene nada que ver con los estratos de clase de las sociedades de fuera. Así, en Buchenwald es mejor ser mecánico especializado que catedrático de universidad o antiguo prefecto. Y en caso de ser estudiante, es preferible saber algo de alemán, para compensar la falta de especialización que impide trabajar en una fábrica, en la cadena de montaje de la Gustloff, que es un chollo formidable.

Así, incluso entre la plebe del campo, hay cientos de deportados que escapan a la regla del rancho común. En efecto, en ciertos kommandos de trabajo, generalmente los del mantenimiento interior, la intendencia de Buchenwald, a veces se reparten algunas sobras: sopa suplementaria, raciones de pan y de margarina. Por ejemplo, en las cocinas, en el almacén general, en los baños y en la desinfección, en la enfermería, en los que sirven en los comedores, es bastante habitual que los deportados dispongan de algún suplemento apreciable de comida.

Pero yo no pertenezco a ninguno de esos kommandos de mantenimiento. Yo estoy en la *Arbeitsstatistik*, la oficina que administra la mano de obra deportada, que la distribuye entre las diferentes fábricas o lugares de trabajo, que organiza los transportes para los kommandos exteriores.

Sin duda es un lugar de prestigio y de poder.

Puedo dirigirme de igual a igual a los jefes de bloque, a los kapos. Saben que estoy en la *Arbeit*, me han visto con Seifert o con Weidlich, el ayudante de este último. Escucharán mi petición, sea la que fuere. No tendrán en cuenta mi número de matrícula, que demuestra que soy un recién llegado, que sólo llevo un año trabajando en el campo. No les sorprenderá ver la ese de *Spanier*, español, grabada en negro sobre mi triángulo rojo, en el lugar del corazón. Sin embargo, los que mandan aquí son casi todos alemanes o checos del Protectorado de Bohemia-Moravia.

Pero eso no importa. A pesar de mis veinte años, a pesar de mi número reciente, a pesar de la ese negra sobre el triángulo rojo, me escucharán. Serán atentos, serviciales, hasta corteses, dentro de los límites de su habitual brusquedad.

En primer lugar, porque les hablo en alemán. Y luego porque saben que formo parte de la *Arbeitsstatistik*. Es decir, que soy una especie de funcionario con autoridad.

No obstante, no se concede ningún privilegio de alimentación a los que trabajamos en la *Arbeit*. Me refiero a los que como Daniel Anker y yo trabajamos allí sin pertenecer verdaderamente a la casta dirigente, a la aristocracia roja, al círculo de los veteranos de los años terribles.

–¿Qué haces? –me preguntó Kaminsky, como si estuviera extrañadísimo.

Aquel día aún era otoño. Una luz rojiza salpicaba el bosque de Ettersberg. Era durante la pausa del mediodía. Yo estaba en la sala trasera de la *Arbeitsstatistik.*

Era una pregunta absurda, saltaba a la vista lo que estaba haciendo: comer.

Aquella mañana no había resistido a la tentación de devorar toda la ración de margarina. Sólo había logrado guardarme más o menos la mitad del pan negro. Estaba sentado a la mesa y comía aquella media ración lentamente, saboreando cada bocado.

Kaminsky me miraba, visiblemente estupefacto.

–¿Qué?, ¿no se ve que estoy comiendo? –le contesté en un tono brusco.

Había cortado la delgada rebanada de pan negro que aún me quedaba en unos pedacitos cuadrados muy pequeños. Me metía en la boca los pedacitos de pan, uno tras otro. Los masticaba muy lentamente, degustando durante el mayor tiempo posible su consistencia grumosa, la acidez tónica del pan negro. Sólo tragaba después de haber reducido cada minúsculo pedazo a una especie de papilla deliciosa.

Pero siempre llegaba un momento en el que había tragado todo el pan, y desaparecía hasta la última migaja masticada lentamente. Ya no había más pan. La verdad es que nunca lo había habido. A pesar de todos los subterfugios, las estratagemas y los rodeos, siempre teníamos demasiado poco pan como para recordarlo. Una vez terminado no había manera de acordarse. Nunca había pan suficiente como para 'hacer memoria', como se hubiera dicho en español.

Y enseguida volvía el hambre, insidiosa, invasora, como una sorda pulsión de náusea.

Sólo podía hacerse memoria con recuerdos. Con lo irreal, es decir, con lo imaginario.

Por eso el domingo los deportados se reunían en pequeños grupos de vecinos o compañeros para contarse comilonas. Nadie podía acordarse de la sopa del día anterior, ni de la de aquel mismo día –desaparecidas sin dejar huellas en olvidados rincones del cuerpo–, pero era posible reunirse para escuchar contar a alguien en detalle el banquete de boda de la prima Dupont, que se había celebrado cinco años antes. Uno sólo podía saciarse en el recuerdo.

En cualquier caso, yo estaba sentado a la mesa, en la sala trasera de la *Arbeit*, y engullía lentamente los cachitos de pan negro.

Había hecho recalentar un vasito metálico de ese líquido que seguiré llamando «café» para no desorientar al lector ni distraerlo de lo esencial. En la sala trasera de la *Arbeit*, siempre había una lata con restos de café.

En realidad, el uso de hornillos eléctricos estaba rigurosamente prohibido. Y su fabricación era ilegal en cualquiera de los talleres del campo. En principio, utilizarlos era considerado por los SS como sabotaje. En otros tiempos aquello hubiera sido severamente castigado.

Pero los tiempos habían cambiado, la disciplina ya no era lo que fue, y en todos los cuchitriles de los jefes de bloque, en todos los comedores de los kommandos de mantenimiento, en el interior del campo propiamente dicho, se veían hornillos eléctricos más bien rudimentarios, pero muy útiles. En la sala trasera de la *Arbeit* teníamos dos o tres: propiedad colectiva.

«¡Ahora esto ya no es más que un sanatorio!», proclamaban a la menor ocasión los veteranos comunistas alemanes.

Al comienzo me pareció que este comentario se pasaba de la raya, que su humor de supervivientes era un poco insultante para nosotros, los novatos, los recién llegados. Pero a medida que las historias de unos y de otros –no había nada más apasionante que conseguir que hablaran los veteranos– recomponían para mí el pasado de Buchenwald, terminé por adivinar lo que querían decir.

Bueno, de acuerdo, entendido: aquello ya no era más que un sanatorio.

–Claro que comes, ya veo que estás comiendo –exclamó Kaminsky–. Pero ¿por qué comes pan seco?

Parece estupefacto. Como si pensara que es absurdo comer pan seco.

Desde su punto de vista debe de ser algo incomprensible.

Me dan ganas de insultarle, de decirle cuatro cosas, al menos para devolverle a la realidad.

Pero veo que de pronto abre mucho los ojos y su mirada se queda fija en una especie de iluminación.

Sin duda se acuerda. Se acuerda de la época en que aquello no era un sanatorio; se acuerda de la escasísima ración de pan negro, ya olvidada; se acuerda de la sopa aguada de entonces.

–¡Claro, no tienes nada para acompañar el pan seco! –exclama.

En efecto, es eso, una tontería como ésa.

Por fin cae en la cuenta, me empuja pidiéndome que le siga.

Salimos del barracón donde se encuentra la *Arbeitsstatistik*, la *Schreibstube* (la secretaría) y la biblioteca. Delante, en el borde de la explanada donde se pasa lista, se encuentra el barracón del *Lagerschutz*.

Allí reina un olor a limpio y a platos apetitosos.

Kaminsky me lleva hasta su taquilla personal. Los estantes están llenos de vituallas de reserva. Kaminsky coge un bloque de margarina y me lo da. Al amanecer, con un trozo de margarina semejante, de forma cúbica, el *Stubendienst* que distribuye nuestras raciones cotidianas corta con un hilo de acero las partes que corresponden a varios deportados. Ocho raciones cuando llegué a Buchenwald en enero de 1944. Diez a fines del verano. Doce ahora, en pleno invierno.

Los supervivientes, si los hay, no van a tener muy buen aspecto.

Contemplo la taquilla de Kaminsky mientras me tiende un bloque cúbico de margarina idéntico a los que al amanecer se reparten en doce raciones cotidianas, para el común de los mortales, a los que pertenezco.

Ya conozco las taquillas de los veteranos. En la

sala trasera de la *Arbeit* cada uno tiene su taquilla. Las de los veteranos rebosaban de vituallas. Allí a veces había visto pan blanco enmohecido.

Sólo había dos taquillas prácticamente vacías: la de Daniel Anker y la mía.

En la mía y en la de Daniel Anker, además de nuestros vasos y escudillas metálicas, lo único que solía haber era la parte de las raciones cotidianas que habíamos conseguido reservar para la pausa del mediodía, o bien para las largas horas del turno de noche, si se daba el caso. Los días en que en vez de sopa había una ración de patatas hervidas, también conservábamos allí las mondas. Porque primero comíamos las patatas peladas, y guardábamos las mondas para tostarlas en uno de los hornillos eléctricos: era un plato delicioso.

También sucedía a veces que en nuestras taquillas no había nada, aparte de los vasos y los platos, los días en que ni Anker ni yo conseguíamos vencer el hambre en el mismo momento del reparto matinal.

La última vez que vi a Daniel Anker fue en una librería de Saint-Germain-des-Prés. Yo firmaba ejemplares de uno de mis libros. Debió de advertir la sorpresa que había en mi mirada, el asombro.

–¡Sí, sí, Gérard –me dijo–, aún estoy vivo!

Adivinó que yo estaba tratando de calcular la edad que podía tener.

–No te canses, hombre, acabo de celebrar mi noventa y un cumpleaños.

Le miro boquiabierto: el cabello a rape, muy blanco, desde luego, pero con aspecto animado y vivaz. Eso me concede un amplio margen.

–¡Mierda! Pero no lo vayas contando por ahí. Si no, van a decirnos que Buchenwald no era más que un sanatorio.

Se rió, nos abrazamos. No sabíamos cómo deshacer aquel abrazo, sacudidos por la risa nerviosa y la emoción.

Se aparta un poco de mí.

–Das Lager ist nur ein Sanatorium, heute!

Anker habla perfectamente alemán, éste es el motivo de que fuese el enlace del PCF en la *Arbeit.*

Casi gritó la frase de antaño, que era propia de los veteranos más bien adustos de antaño. En la librería vuelven la cabeza para mirarnos.

Pero no pienso aprovechar esta excelente ocasión de hablar de mi compañero Daniel Anker. Tengo que volver a Kaminsky, a aquel soleado domingo de diciembre.

–¡Ya están aquí! –exclama de pronto.

Su voz es insólitamente aguda, y parece irritada. Vuelvo la cabeza, sigo la dirección de su mirada.

En efecto, ya están aquí. Empiezan a llegar.

Andan a pasos cortos, a veces apoyándose unos en otros, o usando bastones o muletas improvisadas; arrancando los zuecos de la nieve fangosa; con un ruido de pisadas irregular, lento pero obstinado, ya están aquí.

Sin duda quieren aprovechar aquel domingo con sol de invierno. Pero hubieran venido de todas formas cualquier otro domingo, incluso en medio de borrascas de nieve y de lluvia.

Venían siempre el domingo después de que pasaran lista, les daba igual el tiempo que hiciera.

Las letrinas colectivas del Campo Pequeño eran su lugar de cita, de intercambio, de conversación, de libertad. Zoco de recuerdos, también mercado de trueques, en medio del olor apestoso de los excrementos. Por nada del mundo, por grande que fuese el esfuerzo que ello significara –al menos en la medida en que un esfuerzo fuera todavía posible– hubieran dejado de acudir en aquellas tardes de domingo.

–Esos jodidos «musulmanes»... –refunfuñó Kaminsky.

Él fue quien empleó por vez primera esta palabra, «musulmanes», delante de mí. Yo ya conocía la realidad que designaba aquel nombre: el estrato ínfimo de la plebe del campo de concentración, que vegetaba al margen del sistema de los trabajos forzados, entre la vida y la muerte. Pero yo aún no sabía, hasta el día en que Kaminsky la utilizó, que esta palabra –cuyo origen es oscuro y controvertido– existía como término genérico en la jerga de todos los campos nazis.

Antes de conocer la palabra «musulmanes», yo daba a los deportados que mostraban indicios característicos de decrepitud física y de ataraxia moral, nombres que procedían de la vida de antes, de las sociedades de fuera: *Lumpen* o vagabundos.

Yo sabía muy bien que era una expresión aproximada, que la sociedad de un campo de concentración no podía compararse en ningún caso a la de fuera, pero aquellas palabras bastaban para hacerme comprender lo que veía.

El día en que empleó por vez primera el término, comprendí que a Kaminsky no le gustaban los «musulmanes».

Pero ésta no es la manera adecuada de decirlo.

No se trata de que le gustasen o no le gustasen. El hecho es que los «musulmanes» le irritaban. Sólo por existir, estropeaban la visión que se había hecho del universo concentracionario. Contradecían, negaban incluso, el comportamiento que le parecía indispensable para sobrevivir. Los «musulmanes» habían introducido en su horizonte ideológico un elemento de incertidumbre inasible, porque escapaban –por su misma naturaleza, su marginalidad improductiva, su ataraxia– a la lógica maniquea de la resistencia, de la lucha por la vida: la supervivencia.

Los «musulmanes» están más allá de estas nociones: más allá de la vida, de la supervivencia. Todos nuestros esfuerzos por mantenernos unidos, por apoyarnos unos a otros, deben de parecerles incongruentes. Incluso irrisorios. ¿Para qué? Ellos ya están en otro mundo, flotando en una especie de nirvana caquéctico, en una nada algodonosa en que la que se ha abolido todo valor, en la que sólo la inercia vital del instinto –temblorosa luz de una estrella muerta: alma y cuerpo agotados– aún les mantiene en movimiento.

–Esos jodidos «musulmanes» –masculló Kaminsky.

Miro hacia el primer grupo que se acerca, tratando de distinguir al mío, mi joven «musulmán» francés.

No está entre ellos. Hace ya dos semanas que no le veo, y eso me inquieta.

–'Me largo' –dice Kaminsky en español–. A las seis en el *Revier*.

Da tres pasos para irse, se vuelve.

–Hasta entonces haz lo que sueles hacer... Que te diviertas con tu profesor y tus «musulmanes».

En su voz hay una mezcla de ironía y de irritación.

Mi profesor es Maurice Halbwachs, claro. Desde que me enteré de su llegada a Buchenwald, unos meses atrás, yo aprovechaba los domingos para hacerle una visita en el bloque 56, que era uno en los que se hacinaban los viejos y los inválidos, los que no servían para trabajar.

Halbwachs era vecino de catre de Maspero. Los dos se morían lentamente.

Kaminsky podía llegar a admitir, si no a comprender, el interés que yo sentía por mi profesor de la Sorbona. Las conversaciones filosóficas, necesariamente enrevesadas desde su punto de vista, de las que algo le había contado, no le parecían muy tónicas, muy positivas. Pero, bueno, podía admitirlas.

–Casi mejor que el domingo fueras al burdel –exclamaba, sin embargo, cuando hablábamos de mis visitas a Halbwachs.

Yo le recordaba que el burdel era sólo para los alemanes. Ni siquiera para todos los alemanes en general, sólo para los alemanes del Reich, *Reichsdeutsche*. Los alemanes de las minorías de más allá de las fronteras del *Reich*, los *Volksdeutsche*, ya no tenían derecho a él.

–El burdel es para ti y los tuyos –le decía yo–. A propósito, ¿vas alguna vez?

Negaba con la cabeza. No, no iba, eso creía entender yo. No me extrañaba. El partido alemán desaconsejaba enérgicamente a sus militantes que pidieran un vale de burdel, por razones de seguridad. Y Kaminsky era un militante disciplinado.

Pero yo había interpretado mal su cabeceo negativo.

Él no era alemán del Reich, eso es lo que quería decirme.

Desde luego, llevaba como todos sus compatriotas el triángulo rojo sin ninguna letra de identificación nacional. Para las necesidades de la vida administrativa del campo se le consideraba, pues, como alemán. Pero en una lista especial de la Gestapo estaba clasificado como rojo español, *Rotspanier*, por haber pertenecido a las Brigadas Internacionales.

–La Gestapo es la que se encarga de dar los vales de burdel –me dijo–; lo más probable es que nunca me lo hubieran dado.

–O sea, que aquí, cuando se es rojo español, no se tiene derecho a 'echar un polvo'.

Se lo dije en español, porque no conocía la palabra adecuada del argot alemán. O, si se prefiere, la usual.

Kaminsky se desternillaba. La expresión española «echar un polvo» le encantó, porque le traía recuerdos.

Le gustaban mucho sus recuerdos de España. No solamente los relacionados con alguna ocasión de echar un polvo, sino todos sus recuerdos de España. Incluso los que eran castos.

Aun así, Kaminsky había acabado por acostumbrarse a mis visitas a Maurice Halbwachs. No es muy tónico pasar la tarde del domingo al borde de la muerte, refunfuñaba, pero al final admitía que pudiera sentirse respeto, afecto y admiración por un antiguo profesor.

En cambio, no comprendía en absoluto que me interesase por los «musulmanes», eso sí que no.

«Betsaida, la piscina de las cinco galerías, era un lugar de tedio. Parecía un siniestro lavadero, siempre bajo el peso agobiante de la lluvia y la negrura...»

Un año atrás, al cruzar por vez primera el umbral del barracón de las letrinas colectivas del Campo Pequeño, pensé en el texto de Rimbaud.

Me lo recité a mí mismo. Además en voz alta, aunque nadie podía oírme y entenderme en medio del guirigay de esa corte de los milagros.

Por supuesto, ni piscina ni galerías. No obstante, la evocación poética era pertinente: porque sí era un «siniestro lavadero». Otras palabras del texto de Rimbaud me parecían describir lo que veía... «Los mendigos se agitaban en los peldaños interiores (...), los paños blancos o azules con que se envolvían los muñones. Oh lavadero militar, oh baño popular...»

Era un barracón de madera, de dimensiones análogas a todos los de Buchenwald. Pero en el espacio disponible no había tabiques, no estaba dividido en dos alas simétricas –dormitorios, comedor, lavabos, a cada lado de la entrada–, como en los barracones del

Campo Grande. Aquí, una zanja de cemento, por la que corría sin cesar un hilillo de agua, atravesaba el edificio en casi toda su longitud. Una gruesa viga, apenas desbastada, encima de la zanja, servía para sentarse. Otras dos vigas, más ligeras, paralelas, fijadas a mayor altura, permitían el apoyo de la espalda de los que se agachaban: dos hileras de deportados culo contra culo.

Habitualmente eran docenas los deportados que defecaban al mismo tiempo, en medio de un olor pestilente característico de las letrinas.

En todo el contorno, a lo largo de las paredes del espacio rectangular, había hileras de lavabos de cinc, con agua corriente fría.

Allí tenían que acudir los deportados del Campo Pequeño, porque sus barracones no tenían, como los del Campo Grande, instalaciones sanitarias. Sólo disponían de ellas los jefes de bloque y los miembros del *Stubendienst,* pero estaban vedadas a la plebe.

Los deportados iban, pues, al barracón colectivo para hacer sus necesidades, su aseo, también para lavarse la ropa, que se ensuciaba continuamente.

En efecto, la cagalera era algo habitual entre las dos categorías de presos que poblaban el Campo Pequeño. Los que acababan de llegar, que aún estaban en periodo de cuarentena –antes de que se les enviara a un kommando exterior o se les destinara a un puesto de trabajo estable– eran víctimas de los trastornos que provocaban inevitablemente el cambio brusco de dieta alimenticia y el consumo de un agua fétida, apenas potable.

La segunda categoría, la capa inferior de la plebe del campo, la constituían unos cuantos centenares de deportados que no podían trabajar, inválidos o destrozados por el sistema productivo y su rigor despótico. Estos últimos se descomponían en el hedor de una muerte más o menos lenta que les roía y derretía las entrañas.

Pero el barracón de las letrinas estaba aún casi vacío cuando entré en él aquel domingo, después de que se fuera Kaminsky.

Mi joven «musulmán» francés no estaba allí.

Me había fijado en él un domingo ya lejano, poco antes del otoño. Poco más o menos cuando tuve noticia de la llegada de Maurice Halbwachs, de su presencia en el bloque 56 de los inválidos. Sin duda reparé en él un domingo en el que fui a visitar a mi antiguo profesor de la Sorbona.

Al sol, en la parte exterior del barracón de las letrinas, del lado del bosquecillo que se extiende hasta la enfermería, el *Revier*.

Mejor dicho, lo que me llamó la atención fue su número de matrícula.

Él –en la medida en que sea lícito o apropiado usar un pronombre personal, tal vez sería más adecuado decir «aquello»–, digamos él, no era más que aquello, un montón de andrajos innombrables. Una especie de bulto informe derrumbado contra la pared exterior del edificio de las letrinas.

Pero el número de matrícula era claramente visible.

Me sobresalté: aquel número seguía muy de cerca al mío. Podía imaginármelo: la noche de mi llegada a Buchenwald, ocho meses atrás, aquel ser –era una suposición, en todo caso una apuesta; podía presumirse que aquel bulto numerado, encogido, inmóvil bajo el sol aún tibio del otoño, la cara invisible, derrumbado, con la cabeza hundida entre los hombros, estuviese dotado de existencia– en la noche interminable de la llegada a Buchenwald, aquel ser debió de correr muy cerca de mí por el pasadizo subterráneo que unía el edificio de las duchas y de la desinfección con el del almacén de ropa. Debió de haber corrido completamente desnudo, como yo. Igual que yo, debió de recoger al vuelo las prendas incongruentes y diversas –escena grotesca, habíamos tenido tiempo de ser conscientes de ello, tal vez si hubiese estado a mi lado nos hubiésemos reído juntos– que nos lanzaban mientras desfilábamos a paso ligero ante el mostrador de la *Effektenkammer*.

Para terminar, desnudo, enteramente afeitado, duchado, desinfectado, aturdido, debió de encontrarse ante los presos alemanes que llenaban nuestras fichas personales.

Justo detrás de mí, con una diferencia de pocos números, a pocos metros detrás de mí.

De pronto levantó la cabeza. Sin duda aún estaba suficientemente vivo como para darse cuenta de que le estaba mirando. De que posaba en él, que dejaba caer sobre su persona mi mirada angustiada, devastada.

Comprobé que aquel ser no sólo tenía un número de matrícula, sino además un rostro.

Bajo el cráneo rasurado cubierto de costras purulentas, aquella cara había quedado reducida a una especie de máscara sin gran relieve, casi plana: un armazón óseo visible, frágil, que se encajaba en un largo cuello descarnado.

Pero aquella máscara casi transparente, translúcida, estaba habitada, animada por una mirada extrañamente juvenil. Esa mirada viva en una máscara mortuoria era insostenible.

Aquel ser que estaba más allá de la muerte debía de tener mi edad: veinte años más o menos. Pero ¿por qué la muerte no iba a tener veinte años?

Nunca había sentido con tanta fuerza la proximidad –la inmediatez– de alguien.

No era tan sólo la casualidad de su número de matrícula, tan cercano que me permitía imaginar nuestra llegada a Buchenwald, anónimos el uno para el otro, desconociéndonos el uno al otro, pero juntos: unidos por una fraternidad de destino casi ontológico, aunque nunca antes nos hubiéramos visto en esta vida.

No era solamente aquella casualidad, por fecunda que fuese en posibilidades de comunicación, de comunión.

Nuestra proximidad era más profunda, no estribaba solamente en la circunstancia de nuestros números. A decir verdad, yo tenía la certeza –desconcertante, incluso irracional, pero segura de sí misma, sin escapatoria–, la seguridad de que, de darse el caso, si el azar hubiese funcionado al revés, él me hubiese contemplado con el mismo interés o, por así decirlo, de una forma tan desinteresada, con la misma gratitud, la misma compasión, la misma exigente fraternidad que yo sentía aflorar, condensarse en mi alma, en mi mirada.

Aquel muerto-vivo era un hermano, mi doble tal vez, mi *Doppelgänger:* otro yo o yo mismo siendo otro. Era precisamente la alteridad descubierta, la identidad existencial captada como posibilidad de ser otro, lo que nos hacía tan próximos.

Una serie de azares, de desgracias mínimas, de suertes inesperadas nos había separado en el recorrido iniciático de Buchenwald. Pero yo podía imaginarme fácilmente en su lugar, como sin duda él hubiera podido ponerse en el mío.

Me senté al lado de aquel desconocido de mi edad.

Le hablé, él parecía escucharme. Le hablé de la lejana noche de la llegada a Buchenwald, la noche de nuestra llegada, juntos. Aunque su capacidad de escuchar, de prestar atención, de comprender, estaba mermada, embotada, por el abandono físico y espiritual, yo quería reavivar en él la chispa de la conciencia propia, de la memoria personal. Sólo podría interesarse de nuevo por el mundo si conseguía interesarse por sí mismo, por su propia historia.

Hablé durante mucho rato, él me escuchaba. ¿Me entendía?

A veces yo tenía la impresión de verle reaccionar: parpadeaba, esbozaba una sonrisa, hacía un movimiento brusco con los ojos como si buscase mi mirada, en vez de perderse en el vacío, en lo oculto, en lo indefinido.

Pero aquel día, aquel primer día, no dijo nada; ni una sola palabra.

Se limitó a hacer un ademán; un ademán que además no era de súplica ni vacilante, sino curiosamente imperioso. Hizo la mímica del que lía un cigarrillo, lo lleva a sus labios y luego da unas chupadas.

Casualmente, Nikolái, el *Stubendienst* ruso del bloque 56, donde se encontraba Halbwachs, que estaba muy interesado en ganarse mi amistad –debía de pensar que no era inútil estar a bien con un tipo que trabajaba como yo en la *Arbeitsstatistik*– acababa de regalarme un puñado de cigarrillos de *machorka*.

Di uno al joven «musulmán» y se lo encendí. Los ojos se le humedecieron de felicidad.

El domingo siguiente llovía.

Acabé por encontrarle en el interior del barracón de las letrinas, en medio de aquella barahúnda calurosa y pestilente. Esta vez volvió a escucharme sin decir ni una palabra. Y le di dos fajos de *machorka* antes de que lo exigiera con un gesto imperativo, casi arrogante.

En resumidas cuentas, yo le pagaba en tabaco para que él me escuchase contarle mi vida. A partir de entonces ya no hice nada más: mi vida de antes y la de Buchenwald, mezcladas, entrecruzadas. También mis sueños. Los de antes, obsesivos –«el asalto bajo el sol de blancos cuerpos de mujeres»–, y los sueños de Buchenwald, enfangados en la inasible y viscosa presencia de la muerte. Nadie sabrá medir objetivamente hasta qué punto esta cura fue benéfica para mí. Yo más bien tiendo a no dudarlo.

Fue el tercer domingo cuando de pronto pronunció unas pocas palabras. Para ser exactos, dos palabras, solamente dos palabras, pero tajantes.

Yo insistía pidiéndole una respuesta a no sé qué pregunta que me parecía importante, y él me hizo notar con un aire de inmensa conmiseración, como se reprende a un tonto o a un niño retrasado:

–Hablar cansa –dijo.

Tenía la voz rota, articulaba mal y tropezaba entre los agudos y los graves, era una voz más bien poco atrayente. Que no había prestado muchos servicios en los últimos tiempos, que había vuelto a un estado salvaje.

Luego el invierno se desplomó sobre Buchenwald: borrascas de lluvia glacial y de nieve. El barracón de las letrinas del Campo Pequeño se convirtió en una parada necesaria en el camino del bloque 56 en el que se moría Maurice Halbwachs.

Más o menos a medio camino entre el bloque 40 –el mío; un edificio de cemento, a dos niveles, junto al Campo Pequeño, del que estaba separado por una alambrada sin electrificar, franqueable por diversos accesos permanentes– y el bloque 56, donde esperaban la muerte los que no podían trabajar, «musulmanes» o no, el barracón de las letrinas en invierno se convertía en un refugio de calor y de descanso, a pesar del hedor, el alboroto, el espectáculo de la degradación que allí se veía.

Un domingo de ese invierno de 1944, uno de los más fríos, bajo la borrasca de nieve, volví a encontrar allí otra vez a mi joven «musulmán». Sentado a su lado, entré en calor antes de abordar la última parte del recorrido. Los dos estábamos silenciosos.

Ante nosotros, ante nuestra mirada que se había vuelto indiferente, se alineaba la larga hilera de los deportados, en cuclillas, defecando. Encogidos en el dolor lacerante de la defecación. No lejos, a nuestra izquierda, un grupo de viejos reñían por una colilla que sin duda no circulaba equitativamente. Algunos debían de considerarse perjudicados, y protestaban. Pero su escaso vigor, su vitalidad casi agotada, hacían de esta protesta, que probablemente hubieran querido vehemente, un simulacro de gestos y de murmullos irrisoriamente lamentables.

No pude por menos que recitar en voz alta el poema en prosa de Rimbaud en el que ya había pensado otras veces, desde que conocía las letrinas colectivas del Campo Pequeño.

«Betsaida, la piscina de las cinco galerías, era un lugar de tedio. Parecía un siniestro lavadero, siempre bajo el peso agobiante de la lluvia y la negrura...»

Lanzó una especie de grito ronco, como si de pronto se despertase de su letargia caquéctica.

Yo seguí recitando:

«Y los mendigos se agitaban en los peldaños interiores, a la pálida luz de aquellos fulgores de tempestad que anunciaban relámpagos de infierno...».

Luego, una laguna en la memoria: el resto del poema se había desvanecido.

Fue él quien siguió recitando. Su voz ya no tenía aquella especie de graznido metálico, la resonancia ventrílocua del primer día en el que le oí pronunciar dos palabras.

Sin interrupción, de una tirada, como si recuperase a la vez la voz y la memoria –su mismo ser– recitó la continuación.

«... bromeando sobre sus azules ojos ciegos, sobre los paños blancos o azules con los que se envolvían los muñones. Oh, lavandería militar, oh baño popular...»

Lloraba a fuerza de reírse, la conversación se hacía posible.

Yo había descubierto a los «musulmanes» –a los que aún no llamaba así– en el barracón de las letrinas colectivas, ya en el periodo de cuarentena en el bloque 62.

Ocultándome allí, entre ellos, conseguía a veces evitar los trabajos más pesados que se imponían a la masa de los que acababan de llegar, en cuarentena hasta que se les destinaba a otro sitio o se les insertaba en el sistema de trabajo del Campo Grande, según su capacidad profesional o el interés de la organización clandestina.

La mayoría de esos trabajos de la cuarentena eran espantosos, y a veces mortales.

En efecto, allí estaba uno directamente bajo la férula de los *Scharführer*, los suboficiales SS. Ellos mismos entraban en el Campo Pequeño, en bandas aullantes, armados de garrotes y de largas porras de caucho –las famosas *Gummi*, en la jerga del Campo– para reunir a viva fuerza a unas cuantas docenas de presos que necesitaban para alguna tarea determinada.

Penetraban en el barracón, lo vaciaban en pocos

minutos a puntapiés y a golpes de *Gummi*, arrancando de las literas a aquellos de entre nosotros que fingían dormir, a pesar de la infecta aglomeración de piojos.

Una vez los presos que necesitaban estaban formados ante el barracón, en columna de hileras de cinco –*Zu fünf, zu fünf!*, era el obsesionante estribillo con que daban órdenes los SS–, empezaba la marcha bajo los golpes y entre gritos.

En aquellos momentos era preciso oponer enseguida al lenguaje gutural y primario de los SS, que se reducía a unas cuantas palabras groseras de insulto o de amenaza –*Los, los! Schnell! Schwein! Scheisskerl!*–, oponer en mi fuero interno, en mi memoria, la música de la lengua alemana, su precisión compleja y cambiante.

Era más fácil abstraerme del caos ambiental si había conseguido no estar en uno de los extremos de la hilera de cinco; el ideal era el lugar de en medio, que le ponía a uno fuera del alcance de las porras. Entonces, en medio del fragor rechinante y gutural del lenguaje de los SS, podía con mayor facilidad evocar o invocar silenciosamente la lengua alemana.

«Wer reitet so spät durch Nacht und Wind...» [«Quién cabalga tan tarde por la noche y el viento...»] O bien: *«Ich weiss nicht was soll es bedeuten, dass ich so traurig bin»*. [«No sé qué puede significar que yo esté tan triste.»] O: *«Ein Gespenst geht um in Europa: das Gespenst des Kommunismus...»* [«Un fantasma recorre Europa, el fantasma del comunismo.»]

Incluso cuando no eran los mismos SS los que se ocupaban de reunir a los presos necesarios para un trabajo, incluso cuando ordenaban a los jefes de bloque del Campo Pequeño que condujeran a tal lugar a tal hora tal número de presos de la cuarentena, el trabajo propiamente dicho se efectuaba siempre bajo su control directo.

Es decir, en medio del horror de la brutalidad más arbitraria.

Los trabajos eran diversos, siempre penosos, a veces insoportables. Y además inútiles. Por ejemplo, en la cantera, *Steinbruch*, donde se transportaban piedras de un lado a otro, sin que pudiera adivinarse el motivo, en la mayoría de las ocasiones para devolverlas al lugar de origen. Las piedras pesaban mucho, magullaban los hombros del que cargaba con ellas para llevarlas de un sitio a otro. Los SS y los perros corrían a nuestro lado, acosándonos con ladridos, rápidos mordiscos en las pantorrillas, golpes de *Gummi* en los riñones.

El peor de estos trabajos, y no obstante el menos absurdo, el único al que se le hubiera podido suponer algo parecido a una utilidad, era el de la *Gärtnerei*. O sea la jardinería. Que era de hecho, y así le llamábamos, «el trabajo de la mierda». Porque consistía en transportar hasta el huerto de la guarnición SS el abono natural recogido en el colector de las cloacas de Buchenwald. Nuestras inmundicias nutrían la tierra en la que crecían las lechugas y las verduras frescas de la cantina SS.

Había que transportar la materia fecal en una especie de tinas de madera colgadas de una larga pértiga que se llevaba entre dos, uno delante del otro, apoyada en los hombros.

En esos días el mayor placer de los sargentos SS consistía en emparejar a los presos más diversos: un delgado y un gordo; uno bajo y otro alto; uno enclenque y otro robusto; un ruso y un polaco. El desequilibrio creaba inevitablemente problemas entre los dos porteadores, provocando a veces conflictos entre ellos, animosidad.

Nada hacía reír tanto a los SS como las riñas entre deportados, en las que intervenían enseguida a porrazos.

De todas formas, aunque consiguieran adaptarse el uno al otro, regulando los pasos de los dos, el dilema era insoluble.

Si se respetaba el paso ligero que exigían los SS era imposible evitar que la inmundicia que contenían las tinas nos salpicara. Entonces nos castigaban por ensuciar las ropas, lo cual era contrario a los estrictos reglamentos de higiene.

Pero si se lograba evitar manchas y salpicaduras malolientes, también caía un castigo por no haber respetado el tiempo obligado para hacer el recorrido entre el depósito colector de las letrinas y el huerto de aquellos señores.

¡Un verdadero trabajo de mierda!

Al pie del precipicio rocoso de donde se extraía la piedra –aquel día tocaba un trabajo de cantera,

Steinbruch– nos esperaba un sargento SS. Él era quien atribuía a cada uno de nosotros el pedazo de roca granítica que habríamos de transportar.

Mi vecino más próximo en la hilera era un joven ruso de ojos claros, hombros anchos, fornido. Hay que decir que los jóvenes rusos de Buchenwald eran todos muy fuertes. Yo me preguntaba de dónde había salido aquél. En cualquier caso, no era del bloque 62, el mío, donde por el momento sólo había franceses. Al menos, resistentes detenidos en Francia, entre ellos algunos españoles.

Probablemente, a aquel joven ruso inesperado lo habían cazado por casualidad y mala suerte en el Campo Pequeño.

Un poco más tarde, después de que me hubiese salvado la vida –o al menos salvado de un gran apuro– supuse que el joven ruso era una encarnación del Hombre nuevo soviético, tal como yo lo imaginaba, desprendiéndose de la triste ganga del pasado, no sólo en discursos políticos que podían parecer grandilocuentes, sino también en la realidad de las novelas de Platonov o de Pilniak, o de los poemas de Maiakovski.

Desde luego, era idiota; o como mínimo, ingenuo; de una inocencia ciega, ideológica.

Posteriormente se ha comprobado que el Hombre nuevo soviético –la utopía más sanguinaria del siglo– cae más bien del lado del fiscal Vichinsky o de Pavel Morozov, un muchacho que denunció a sus padres poco entusiastas a la policía de Stalin, hazaña que le convirtió en un héroe de la Unión Soviética.

Pero aquel día, en la cantera de Buchenwald, después de que el joven ruso providencial me hubiese salvado, si no de la muerte, al menos de un gran apuro, yo le atribuí las supuestas virtudes del Hombre nuevo: generosidad, fraternidad, entrega, humanismo real... «El hombre, el capital más valioso», ¿acaso no era éste el título de un famoso discurso de Stalin?

Como esta hipótesis históricamente se ha derrumbado, ya no sé qué pensar de aquel joven ruso. Ya que no podía encarnar la inexistente quimera del Hombre nuevo de la Revolución, ¿quién era? ¿Tal vez una imagen, joven, pero muy antigua, ancestral, del ángel de la guarda? *¿'El ángel bueno'* de mi lectura adolescente de Rafael Alberti?

De todas formas, el joven ruso cargó sobre su hombro la piedra que el SS me había atribuido, y que era con mucho demasiado pesada para mí. Me dejó la suya, mucho más liviana, aprovechando un instante de inesperado descuido del sádico sargento. Con aquel gesto hizo posible que yo llevara a término aquella tarea que hubiese podido resultar fatal para mí.

Gesto inaudito, completamente gratuito. No me conocía, no volvería a verme, no podía esperar nada de mí. Estábamos igualados en nuestra total carencia de poder: miembros anónimos, impotentes, de la plebe del campo. Gesto de pura bondad, es decir, casi sobrenatural. O lo que es lo mismo, un ejemplo de la radical libertad de hacer el bien, inherente a la naturaleza humana.

Pero volvamos al punto de partida, al pie del precipicio rocoso.

El sargento SS de la cantera de Buchenwald nos observaba, al joven ruso y a mí, probablemente midiendo nuestras fuerzas respectivas.

Yo acababa de cumplir veinte años, era un joven flaco y desgarbado. Desde luego, nada impresionante, ningún fortachón. El SS no sabía nada de mí, me juzgaba por mi apariencia de delgadez, acentuada sin duda por unos cuantos meses de prisión y de campo. En cualquier caso, comparado al joven ruso desde luego no daba la talla.

El sargento nos mira, nos compara.

Una sonrisa aparece en su rostro. Sonrisa de delicia y crueldad: humano, demasiado humano. La inimitable sonrisa de la humana alegría de hacer el mal.

Con un ademán me atribuye un enorme pedazo de piedra que debe de pesar toneladas. Luego señala otro mucho más liviano –encaje de granito gris– a mi joven ruso atlético.

El SS sigue sonriendo, se frota las manos enguantadas de cuero negro. Una larga porra de caucho cuelga de su muñeca izquierda.

Aquel cerdo no sabe nada de mí: se lo voy a explicar.

No estaba allí en aquella noche de septiembre de 1943, en el bosque de Othe. Tropezamos con un control de la *Feldgendarmerie* cuando transportábamos un cargamento de armas y de explosivos que habían lanzado en paracaídas a la Jean-Marie Action. Bajo el fuego cruzado de la emboscada, nos vimos obligados a abandonar los Citröen pato, con los neumáticos reventados por las ráfagas de armas automáticas. El jefe del *maquis* –un oficial retirado–, al que entregábamos lo lanzado en paracaídas, consiguió hacer una difícil maniobra en medio de la noche, entre la ensordecedora confusión de un combate a ciegas. Logró disponer un grupo que nos cubriese y que siguió tiroteando a los *Feldgendarmes*. Los cuales, afortunadamente, no se movieron de su posición, temiendo sin duda dispersarse en medio de los árboles para desalojarnos. Mientras, todos los demás, cargados como mulos, nos llevamos las armas y los explosivos, transportándolos hasta el escondite previsto: unos quince kilómetros de recorrido en el bosque nocturno, bajo el peso de aquella preciosa carga.

Ni una sola metralleta Sten, ni un gramo de plástico, se perdieron.

Finalmente, al amanecer, cuando todo estuvo guardado en el sótano de las patatas que iba a servir de almacén provisional, me acordé de una página de Saint-Exupéry: ¡en efecto, ningún animal hubiese sido capaz de hacer aquello!

Cojo el pesadísimo pedrusco, lo levanto hasta mi hombro derecho. Me empuja una sombría cólera, una ráfaga de odio que me caldea el corazón.

Un kilómetro más lejos me pregunto si no he confiado demasiado en mis fuerzas. Estamos en el camino de acarreo que rodea la cantera. Vista del paisaje que nada puede tapar: un hayedo todavía nevado, la colina de Ettersberg bajo el humo tutelar del horno crematorio, llanura de Turingia, rica y fértil, a lo lejos, al pie de la cordillera.

Sin embargo, lo más duro ya parecía hecho: la cuesta del camino de acarreo ahora descendía. Pero había confiado en exceso en mis fuerzas. El pedazo de roca me desgarra el hombro, me oprime la caja torácica. Estoy sin aliento. Cada nuevo paso hacia delante exige de mí un esfuerzo que me nubla la vista. Tendría que pararme un instante para cobrar aliento.

El joven ruso va pisándome los talones. Anda con paso ligero, aparentemente sin esfuerzo. Pero no me adelanta, vela por mí.

El sargento SS nos ha seguido tranquilamente, fumando un cigarrillo. Espera el momento en que me desmorone. Sigue sonriendo con aire de felicidad.

De pronto se oye un alboroto en la cola de la columna. Tumulto, gritos. Deportados y SS corren en todas direcciones.

Nuestro sargento saca su pistola automática de la funda. Hace que una bala suba hasta el cañón. Vuelve atrás, baja hasta el lugar del incidente.

El joven ruso se pone a mi lado. Me dice unas palabras que no entiendo. En ruso casi lo único que entiendo son las palabrotas, por otra parte muy monótonas. Al menos en cuanto a lo esencial de su propósito, al menos en Buchenwald. Porque se trata siempre de joder a una mujer de la familia, a ser posible la madre de aquel a quien se quiere insultar.

Pero ahora no dice nada ofensivo. No oigo la palabra «madre» ni la palabra «joder».

Seguramente me está dando consejos. Mejor dicho, instrucciones. No entiendo las palabras, pero sí los gestos. Comprendo que quiere cargar con el pedazo grande de roca que llevo, para darme el suyo, mucho más liviano. Enseguida pasa a la acción. Me quita la carga que me agobiaba, que no me dejaba respirar. Y yo cargo con la piedra que llevaba el ruso. Me dan ganas de llorar de alegría: es muy ligera, una pluma, una mariposa, una sonrisa de mujer, una nube algodonosa en el cielo azul.

–*Bistro, bistro!* –dice el joven ruso.

Eso lo entiendo perfectamente.

Quiere que nos demos prisa, antes de que vuelva el sargento SS. Bajamos la cuesta del camino de acarreo. Para mí ya es muy fácil. Desembarazado de aquel espantoso peso, bajo aquella pendiente a paso ligero. Pero el joven ruso va tan aprisa como yo, a pesar de la piedra que lleva a hombros: una fuerza de la naturaleza.

Dejamos nuestra carga sobre el montón de piedras que en el curso de otra tarea, tal vez mañana o algún día próximo, harán desplazar de nuevo, por la belleza de las cosas inútiles. Absurdas, pero educativas. Incluso reeducativas. Buchenwald, en el organigrama nazi, no lo olvidemos, es un campo de reeducación por medio del trabajo: *Umschulungslager.*

El joven ruso me mira, fresco como una lechuga, visiblemente contento de haber engañado al sargento SS. Me habla, y reconozco en lo que me dice el verbo bien conocido, «joder». Dada la ausencia de la palabra «madre», que generalmente acompaña a este verbo, saco la conclusión de que esta vez expresa la alegría de haber «jodido» al sargento SS.

Como si no bastara, comparte conmigo la mitad de un rollo de *machorka*. Fumamos, se anuncia la primavera, parece como si no hubiera que hacer nada más que abandonarse a la vida.

Cuando me da mi parte de tabaco, me llama *tovarich*. Entonces me confortó la idea de que se trataba de una encarnación del Hombre nuevo soviético. Hoy habría que aventurar otras hipótesis.

Pero en cualquier caso, *tovarich:* camarada.

Después de esta experiencia, como se comprenderá, hice lo posible por esquivar los trabajos de cuarentena.

No podía contar constantemente con la suerte, que parecía perseguirme. Que, por otra parte, no ha dejado de perseguirme. En España, diez años después, en la clandestinidad antifranquista, la suerte siguió corriendo tras de mí. También en España me decían que tenía suerte, como ya me dijo Kaminsky aquel lejano domingo en Buchenwald. Pero en mi lengua materna la metáfora para expresar eso es más directa que en francés: más carnal. '¡Tú sí que has nacido con una flor en el culo!', decían. En francés se dice que uno ha nacido con «una cuchara de plata en la boca», que quiere decir lo mismo. Sin duda podrían hacerse interpretaciones semiológicas sobre la diferencia de ambas expresiones, sacar conclusiones sobre la oralidad y la analidad en una u otra lengua. Pero está claro que éste no es el momento.

La decisión de crear un grupo de autodefensa se tomó una noche, en el barracón de las letrinas, después de pasar lista y de la sopa, y antes del toque de queda. Si no recuerdo mal, éramos tres: Yves Darriet, Serge Miller y yo. A Claude Francis-Boeuf fue Yves quien le incorporó al grupo. Y a Hamelin le trajo Miller. Yo no llevé a nadie, no conocía a nadie.

El principio de funcionamiento del sistema de autodefensa era sencillo: había que evitar que nos sorprendiera la formación inesperada de una columna de trabajo. Había que disponer de los minutos suficientes para esconderse en el edificio de las letrinas.

Para conseguirlo, uno de nosotros, por turno, montaba guardia en el exterior del bloque 62. La llegada de los SS no podía pasar inadvertida. Se les veía de lejos, reagrupándose en la plaza donde se pasaba lista, en la parte más alta de la ladera del Ettersberg en la que se había construido el campo. Por supuesto, los SS no siempre penetraban en el campo para hacer una redada de deportados con finalidades de trabajo. También entraban para hacer redadas punitivas –cada vez menos frecuentes–, registrar unos barracones o comprobar que no había falsos enfermos o escondidos en los bloques.

No obstante, por si acaso, el vigía nos avisaba de la aparición de los SS, y corríamos a refugiarnos en las letrinas.

Una vez allí, estábamos seguros.

El barracón sanitario, en su hedionda promiscuidad, sus olores pestilentes, era, en efecto, un lugar de asilo, que disfrutaba de un extraño estatuto de extraterritorialidad. Los SS nunca franqueaban su umbral. Los kapos tampoco, por lo que recuerdo de mis experiencias personales.

De todas formas, la única vez en que vi a un kapo –además, un político, un triángulo rojo– pasearse por las avenidas que bordeaban la zanja central de excrementos, su presencia en el barracón se debía a motivos especiales.

En efecto, aquel preso alemán que ocupaba un puesto importante en la jerarquía administrativa interna había sido apartado de toda responsabilidad política clandestina porque era un pederasta «apasionado».

Fue el propio Seifert, el kapo de la *Arbeitsstatistik*, quien utilizó este adjetivo, *leidenschaftlich*, cierto día en que aquel hombre fue a nuestras oficinas por una razón de servicio.

Había una especie de sorpresa casi respetuosa en la manera como Seifert calificó la singularidad del hombre.

Comprendí que al kapo le gustaban los muchachos con un amor absoluto, radical, que estaba dispuesto a sacrificarlo todo a aquella pasión. Ya había sacrificado su pertenencia al partido comunista, con todas las consecuencias que un sacrificio así podía acarrearle en Buchenwald.

El respeto de Seifert, aquella especie de asombro admirativo que era perceptible en su manera de contar la historia, tenía una causa concreta. Desde luego, lo que Seifert respetaba no eran las costumbres del kapo. Era difícil esperar de un veterano comunista una actitud comprensiva o tolerante, menos aún respetuosa, por lo que atañía a aquel asunto.

Pero parece ser que el kapo –sabía su nombre, pero lo he olvidado por completo: le llamo, pues, kapo como si fuese un nombre propio– se había portado de un modo extremadamente valeroso unos años atrás.

Al parecer, hacia 1942 –en cualquier caso, después de la agresión nazi a la URSS–, un tal Wolff, antiguo oficial de la Wehrmacht, llegó a ser Decano del Campo, *Lagerältester:* el puesto más alto al que un preso alemán podía aspirar en la administración interna. En aquel momento, la supremacía de los rojos volvía a peligrar, porque los verdes –criminales y presos comunes– volvían a tener mucha influencia en el mando SS.

Wolff, homosexual notorio, estaba sometido a su joven amante, un polaco que formaba parte de un clan de extrema derecha, xenófobo y antisemita. Ahora bien, en la batalla que Wolff, sus acólitos y sus favoritos libraron contra los rojos, para expulsarlos de todos los puestos de influencia, parece ser que K.

–kapo, no consigo acordarme de su nombre– tuvo un comportamiento de una valentía insensata, defendiendo a sus amigos políticos contra el clan de Wolff, perdiendo así, por fidelidad a sus ideas más que a sus pasiones, toda posibilidad de acceder a cargos de poder interno, o de mantenerse en ellos.

En cualquier caso –sea cual fuere la exactitud histórica de ese relato legendario de Buchenwald–, K. era el único kapo rojo al que yo había visto pasear un día por el barracón de las letrinas colectivas del Campo Pequeño.

Andaba junto a la zanja de excrementos observando todos aquellos cuerpos semidesnudos: aquellos muslos, aquellos culos, aquellos sexos que se ofrecían a la mirada.

Las letrinas no sólo eran frecuentadas por los inválidos y los ancianos –«musulmanes» o no– que no podían trabajar o a los que rechazaba el sistema del trabajo forzado, hacinados en aquellos barracones donde esperaban la muerte, de los que el bloque 56 era sin duda el más emblemático.

Allí podían verse también los que acababan de llegar procedentes del campo de cuarentena propiamente dicho. Es decir, los deportados que acababan de ser arrancados al mundo exterior, a la vida de antes. Es decir, personas cuyo estado físico era aún relativamente bueno. O sea, apetecible para alguien que sintiese atracción por los cuerpos masculinos.

Sin duda entre los más jóvenes de éstos K. buscaba una presa o una víctima que consintiese, o una pareja, eso no era impensable: una mirada de deseo, un trato sugerido, una muestra de afecto sugerida o propuesta, una desesperación para compartir.

De pronto, nos encontramos cara a cara.

Era un hombre de unos cuarenta años, quizá con pocos más de cuarenta. Muy moreno, de piel mate. Sus ojeras, su mirada devastada permitían adivinar el desastre íntimo de una búsqueda insatisfecha.

Me vio, me reconoció. Al menos reconoció en mí a alguien que trabajaba en la *Arbeit*, a quien ya había visto con Seifert, gran señor de la guerra en la jungla de Buchenwald.

Hubo un destello en su mirada. Primero de sorpresa. Luego de complicidad: ¿estaba yo allí por las mismas razones que él? Complicidad que enseguida se desmintió, o por lo menos quedó matizada, por una sombría inquietud: ¿iba a competir con él en el mercado de los maricas?

Le tranquilicé con un gesto. No, yo no iba de caza como él, no tenía nada que temer de mí.

Los kapos rojos de Buchenwald evitaban el edificio de las letrinas del Campo Pequeño: corte de los milagros, piscina de Betsaida, zoco de intercambios de todas clases. Detestaban el olor pestilente de «baño popular», de «lavandería militar», el amasijo de cuerpos descarnados, cubiertos de úlceras, de andrajos informes, los ojos saliéndose de las órbitas en aquellas caras grises, con profundos surcos debidos a un sufrimiento abominable.

–Un día –me decía Kaminsky, asustado al enterarse de que a veces iba allí el domingo para ver a Halbwachs en el bloque 56, o de regreso, después de una entrevista con él–, un día se echarán sobre ti, y serán muchos, para robarte los zapatos y el capote de *Prominent.* ¿Qué demonios buscas allí?

No había manera de hacérselo entender.

Allí buscaba precisamente lo que a él le asustaba, lo que él temía: el desorden vital, ubuesco, impresionante y cálido, de la muerte que nos habían atribuido a todos, y cuyo caminar visible hacía fraternales aquellos despojos. Éramos nosotros mismos los que moríamos de agotamiento y de cagalera en medio de aquel hedor, allí es donde podía tenerse la experiencia de la muerte ajena como horizonte personal: estar-con-para-la-muerte, *Mitsein zum Tode.*

Sin embargo, es comprensible que los kapos rojos evitasen ese barracón.

Era el único lugar de Buchenwald que escapaba a su poder, que nunca conseguiría vencer su estrategia de resistencia. En el fondo, el espectáculo que se ofrecía allí era el de su fracaso, siempre posible. El espectáculo de su derrota, siempre amenazadora. Sabían perfectamente que su poder era frágil por esencia, estaba expuesto a los caprichos y a los imprevisibles cambios de la política global de represión de Berlín.

Y los «musulmanes» eran la encarnación, lastimosa y patética sin duda, pero insoportable, de esa derrota que siempre era de temer. Demostraban de manera clamorosa que la victoria de los SS no era imposible. ¿Acaso los SS no afirmaban que no éramos más que mierda, menos que nada, infrahombres? Ver a los «musulmanes» sólo podía afianzarlos en esta idea.

Precisamente por esta razón era difícil comprender por qué también los SS evitaban ir a las letrinas del Campo Pequeño, hasta el punto de haber hecho de ellas, sin duda involuntariamente, un lugar de refugio y de libertad. ¿Por qué los SS rehuían el espectáculo que parece que hubiera tenido que alegrarles y reconfortarles, el espectáculo de la degradación de sus enemigos?

En las letrinas del Campo Pequeño de Buchenwald hubieran podido disfrutar del espectáculo de los infrahombres cuya existencia habían postulado para justificar su arrogancia racial e ideológica. Pero no, se abstenían de entrar: paradójicamente, aquel lugar de su victoria posible era un lugar maldito. Como si los SS –en ese caso éste hubiera sido un último signo, un último indicio de su humanidad (indiscutible: un año en Buchenwald me había enseñado concretamente lo que Kant afirma, que el Mal no es inhumano sino más bien todo lo contrario, una expresión radical de la libertad humana)–, como si los SS cerrasen los ojos ante el espectáculo de su propia victoria; ante la imagen insoportable del mundo que querían establecer con el Reich milenario.

–¿Crees que los americanos resistirán en Bastogne? –preguntó Walter de pronto.

La noche anterior, la del sábado a domingo, en el momento del toque de queda yo había ido a mi lugar de trabajo en la *Arbeitsstatistik*, como solía. Primero pasé al fichero central los cambios de mano de obra indicados por los diferentes servicios. Anoté las fichas de los deportados que gozaban de una *Schonung*, dispensa de trabajo a causa de enfermedad. Luego borré los nombres de los muertos: las fichas personales se escribían a lápiz. Era más práctico, porque la verdad es que cambiaban mucho. Siempre había que estar borrando y volviendo a escribir. Finalmente, inscribí también los nombres de los recién llegados en nuevas fichas, o en las que habían vuelto a quedar vírgenes después de borrar una vida precedente.

Más tarde fui a reunirme con Walter en la sala trasera de la *Arbeitstatistik*. El viejo Walter, me decía a mí mismo. En realidad no lo era tanto. Más bien prematuramente envejecido. Había vivido los primeros años de Buchenwald, inimaginables. Cuando el campo aún no era un sanatorio. En 1934, cuando le detuvieron, los de la Gestapo le rompieron la mandíbula en el curso de un interrogatorio.

Aún padecía las consecuencias, prácticamente no podía masticar nada. Todos los días iba a buscar al *Revier* una escudilla de sopa especial: una especie de papilla azucarada.

Walter era uno de los pocos veteranos comunistas alemanes con que se podía hablar. Uno de los pocos que no se había vuelto loco. Agresivamente loco, al menos. Yo aprovechaba la ocasión y le hacía montones de preguntas acerca del pasado del campo. Él me contestaba. Mi conocimiento de este pasado se debe en gran parte a esos relatos que me hizo durante largas noches.

Sólo había un episodio en su historial del que no conseguí que me dijera ni una palabra, a pesar de mi insistencia. Se negaba a hablar de los años comprendidos entre 1939 y 1941, el periodo del pacto germano-soviético. Sin embargo, hubiera sido apasionante saber lo que pensaron y sintieron en aquella época los comunistas alemanes encerrados en un campo de concentración por Hitler, aliado de Stalin. ¿Cómo vivieron aquella contradicción? ¿En qué cosas aquel pacto, objetivamente –por una vez, ese adverbio más bien siniestro era muy adecuado–, en qué aspectos el pacto germano-soviético tuvo consecuencias concretas en Buchenwald?

Nada, ni una palabra: silencio obstinado, mirada deliberadamente vacía, como si no comprendiese mis preguntas, como si no tuviera verdaderamente nada que decir. En resumen, como si nunca hubiera habido un pacto de amistad entre Hitler y Stalin.

Walter trabajaba igual que yo en el fichero central, y eso facilitaba las conversaciones. Y a menudo los dos formábamos parte al mismo tiempo del turno de noche.

Había recalentado dos vasitos metálicos de la bebida negruzca que voy a seguir llamando «café».

Fuera, la noche estaba tranquila. La nieve relucía, azulada, bajo los haces giratorios de los focos que barrían a intervalos regulares las calles del campo. Un resplandor rojizo señalaba la actividad del horno crematorio. Pero sin duda no se iba a oír la voz ronca, cansada, del *Rapportführer* SS ordenando que se apagaran los hornos: *Krematorium, ausmachen!* Aquella noche no era probable que hubiera alarmas aéreas.

La aviación aliada estaría muy ocupada en otros lugares, en el frente de las Ardenas.

–¿Crees que los americanos resistirán en Bastogne? –preguntó Walter.

Parecía que me hubiese leído el pensamiento.

Pero no era tan sorprendente que me leyera el pensamiento: hacía varios días que no pensábamos en otra cosa.

A las órdenes de Von Rundstedt –quien repetía así la maniobra estratégica decisiva del Estado Mayor nazi en 1940–, las tropas alemanas habían lanzado una contraofensiva en el frente de las Ardenas. Habían roto las líneas aliadas: el resultado de la batalla dependía de la resistencia de los americanos en Bastogne.

Buchenwald era un hervidero de inquietos rumores.

Ninguno de nosotros creía que los nazis tuvieran aún la posibilidad de ganar la guerra. Pero el simple hecho de conseguir prolongarla, retrasando la perspectiva de una victoria aliada, era algo en sí mismo aterrador. Si Bastogne no resistía, nuestra esperanza de sobrevivir menguaba. Se debilitaba nuestra capacidad de sobrevivir. En los campos de concentración, ¿quién iba a sobrevivir a unos cuantos meses suplementarios de hambre y de extenuación?

Pero en realidad Walter no hacía ninguna pregunta. Era más bien un deseo, una invocación. Espero que los americanos resistan en Bastogne, eso es lo que quería decir su pregunta.

Yo sólo podía formular el mismo deseo que él.

–Confío en que sí –dije.

Pero lo que preocupaba a Walter era algo más complejo.

–¿Son buenos soldados los americanos? –seguía preguntándose–. Al comienzo hay que ver cómo les zurraron los japoneses.

–Al comienzo –repuse– también a los soviéticos les zurraron de lo lindo.

Afirma con la cabeza, me da la razón.

Pero salta a la vista que no le ha gustado que le tranquilizase con un argumento así.

–¿Acaso no hay que ser un poco fanático para ser

un buen soldado? –se pregunta Walter al cabo de un rato.

He de confesar que me pilla por sorpresa. Sobre todo porque enseguida añade:

–¿No somos nosotros, los comunistas, buenos soldados porque también somos bastante fanáticos?

Walter habla con una voz casi inaudible, como si tuviese miedo de que se le oyera. Pero estamos los dos solos en la sala trasera de la *Arbeit*. Sin duda tiene miedo de oír él mismo lo que acaba de decir, de oírse decir una cosa semejante.

Le miro, el viejo Walter canoso con la mandíbula rota por la Gestapo. Uno de los pocos veteranos alemanes que, de una manera u otra, no se ha vuelto loco. Al menos agresivamente loco.

Me acuerdo de *La esperanza,* de André Malraux. Cuando se trata de comunistas, es obligado pensar en la novela de Malraux. Sobre todo si uno acaba de releerla, como me había pasado a mí pocas semanas antes de que me detuvieran en Joigny.

Me acuerdo de Manuel, joven intelectual comunista convertido en jefe de guerra, explicando que está perdiendo su alma, que cada vez se va volviendo menos humano, a medida precisamente que se convierte en un buen comunista, un buen jefe militar.

En *La esperanza* Manuel acaba de ordenar la ejecución de varios desertores, jóvenes antifascistas que en el primer momento se presentaron ya como voluntarios, y que han rehuido el combate al producirse el ataque de los blindados italianos del ejército franquista. Acaba de descubrir que a partir de ahora a veces tendrá que ahogar sentimientos nobles –la compasión, el perdón magnánimo de las debilidades ajenas– para convertirse en un verdadero jefe militar. Y que se necesitan verdaderos jefes militares, un ejército verdadero, para ganar la guerra del pueblo contra el fascismo.

Con Walter, sin embargo, no puedo hablar de Malraux, de *La esperanza.* Podría hablar de eso con Kaminsky, que luchó en las Brigadas Internacionales y que conoció a algunos de los personajes reales de la novela de Malraux.

La memoria de Walter tiene referencias de otra época, de otra cultura política, menos abierta al mundo, limitada por las orientaciones sectarias impuestas por el Komintern en Alemania en el curso de los años treinta: clase contra clase.

De todas formas, la pregunta de Walter quedará en el aire. Y sin embargo era oportuna, hubiera podido llevarnos lejos: nosotros, los comunistas, ¿somos tan buenos soldados porque somos fanáticos?

Pero la puerta de la sala trasera de la *Arbeit* se abre; quien entra es Meiners. Y desde luego delante de él no vamos a seguir hablando.

«¿De modo que es usted...? Henry Sutpen. ¿Y ha estado aquí...? Durante cuatro años. ¿Y regresó a su hogar...? Para morir. ¿Para morir...? Sí. Para morir. ¿Y ha estado aquí...? Durante cuatro años. ¿De modo que es usted? Henry Sutpen.»

Dejé a Walter en la sala trasera de la *Arbeit.* En silencio, dándole deliberadamente la espalda a Meiners. Volví a mi mesa de trabajo, junto al fichero central. Tenía el propósito de acabar mi lectura de la novela de Faulkner *¡Absalón, Absalón!*

La había elegido en la biblioteca para aquella semana en que tenía el turno de noche.

Ya sé que esto irritará a algunos. O les sorprenderá, incluso les inquietará: lo sé perfectamente.

Hace varios años, cuando mencioné que había descubierto en la biblioteca de Buchenwald la *Lógica* de Hegel, y que la leí –en las mismas condiciones; durante una semana de turno de noche, *Nachtschicht*, única circunstancia en la que era posible leer, y sólo si se trabajaba en una oficina o un kommando de mantenimiento; en la cadena de montaje de la fábrica Gustloff, por ejemplo, que hacía tres turnos diarios, era impensable–, recibí algunas cartas indignadas. O tristes. ¿Cómo me atrevía a afirmar que hubo una biblioteca en Buchenwald? ¿Por qué inventar una patraña así? ¿Quería hacer creer que el campo de concentración era una especie de casa de reposo?

Otros lectores, más retorcidos, abordaban la cuestión desde otro ángulo. ¿O sea, que había una biblioteca en Buchenwald? ¿Y disponía usted de tiempo para leer? Entonces no era un lugar tan espantoso. ¿No se habrá exagerado al describir las condiciones de vida en un campo de concentración nazi? ¿Eran verdaderamente campos de muerte?

Es verdad que tales cartas no fueron muy numerosas. Por supuesto, no contesté a ninguna de ellas. Si aquellos lectores asombrados o dubitativos eran de mala fe, ninguno de mis argumentos hubiera podido convencerles. Si eran de buena fe, llegarían por sí mismos a comprobar la absoluta veracidad de mi relato.

Porque había una biblioteca en Buchenwald. Las pruebas documentales están al alcance de cualquiera. Así, si se tiene tiempo y ganas de viajar, se puede visitar la ciudad de Weimar. La ciudad de Goethe, ¿verdad? Encantadora. Los rastros de su presencia están por todas partes. Como también los recuerdos de Schiller, de Lizst, de Nietzsche, de Gropius; en resumen, los de la más alta cultura europea. Si el tiempo es soleado –en efecto, ¿por qué no elegir para este viaje una estación con buen tiempo?–, uno puede pasear por las orillas del Ilm, cerca de la ciudad. Al fondo de un valle verde, entre bosques, se levanta la casita de verano de Goethe, la *Gartenhaus*. Allí se encuentra un banco, después del puentecillo sobre el Ilm: lugar insensato para sentarse. Sin duda la idea que allí os asaltará herirá el punto más sensible de la memoria y del alma.

Porque la víspera –o aquella misma mañana si se ha elegido la tarde para el paseo hasta la *Gartenhaus* de Goethe– el visitante habrá recorrido los pocos kilómetros que separan Weimar del campo de concentración de Buchenwald, en la colina del Ettersberg, donde precisamente a Goethe le gustaba tanto pasear con el inefable Eckermann.

Se habrá visitado, pues, ese lugar memorable, ese yacimiento arqueológico de la historia europea de la infamia. Sin duda allí uno se habrá detenido largamente en el museo de Buchenwald. Todas las explicaciones sobre la biblioteca del campo se encuentran allí. Incluso puede verse el ejemplar de la *Lógica* de Hegel que tuve entre las manos: el mismo, el mío.

En cambio, y lo siento, no se encontrará allá la novela de Faulkner que yo leía en diciembre de 1944, cuando empezó esta historia: el ejemplar de la biblioteca de Buchenwald sigue aún sin aparecer.

De todos modos, si uno no ha tenido el tiempo ni las ganas ni los medios de hacer el viaje hasta Weimar, bastará con entrar en una librería y pedir el libro de Eugen Kogon, *El Estado SS*, publicado en una colección de bolsillo muy conocida. Allí la existencia y la historia de la biblioteca de Buchenwald están atestiguadas y documentadas.

Con un título diferente, *El infierno organizado*, el libro de Kogon también se publicó en francés en 1947. Por diversas razones se trata de un testimonio capital. En primer lugar, porque Kogon ocupó un puesto clave en la administración interna de Buchenwald que le permitió tener una visión de conjunto de todo el sistema concentracionario. Fue ayudante del médico en jefe SS Dingschuler, responsable del bloque de los experimentos médicos. Desde este puesto, con habilidad, valor y perseverancia, Kogon prestó servicios considerables a la resistencia antifascista de Buchenwald.

Por otra parte, Eugen Kogon –y eso hace que su testimonio, su investigación, sean aún más importantes– no era un militante comunista. Demócrata-cristiano, decidido adversario de la ideología marxista, Kogon participó en la resistencia antinazi en Buchenwald, exponiendo su vida, al lado de sus camaradas comunistas alemanes, pero sin abdicar nunca de su autonomía moral.

Así es como Eugen Kogon cuenta en su libro el origen de la biblioteca de Buchenwald: «La biblioteca de los presos se fundó en Buchenwald a comienzos de 1938. Para reunir los primeros tres mil volúmenes se autorizó a los presos a que se hicieran mandar libros de sus casas; o bien tuvieron que pagar una cantidad con la que la Kommandantur compró obras nacional-socialistas... Con sus propios fondos adquirió doscientos cuarenta y seis libros, entre ellos sesenta ejemplares del *Mein Kampf* de Adolf Hitler, y sesenta ejemplares de *El mito del siglo XX*, de Alfred Rosenberg. Estas últimas obras siempre estaban en buen estado, como nuevas, inutilizadas, en los estantes de la biblioteca. Con los años, el fondo de la biblioteca llegó a alcanzar 13.811 libros encuadernados en tela, y dos mil en rústica... Durante el invierno de 1942-1943, me ofrecí constantemente como voluntario, cuando se pusieron guardias nocturnos en el bloque 42 de Buchenwald, donde se solía robar pan en las taquillas; me quedaba solo desde las tres a las seis de la madrugada en la sala, y así tenía tiempo, en medio de aquella magnífica calma, de examinar los tesoros de la biblioteca del campo. Qué impresión más extraña, encontrarse sentado junto a la luz de una lámpara tapada, solo con *El Banquete* de Platón, o *El canto del cisne* de Galsworthy, con Heine, Klabund o Mehring...»

Por lo que a mí respecta, dos años después, en la calma de la sala de la *Arbeitsstatistik*, al pie de la enrojecida chimenea del horno crematorio, fue donde pasé unas felices noches de diciembre con una novela de Faulkner, *¡Absalón, Absalón!*

Dejé al viejo Walter para continuar mi lectura.

En el momento en que Meiners irrumpió en la sala, yo estaba preguntándome si no iba a hablar a Walter de la nota de Berlín que hacía referencia a mí. Su opinión me interesaba. Además, estaba seguro de su discreción: no iba a contárselo a nadie.

Pero llegó Meiners, y entonces ya no era posible ninguna conversación.

Alto, apuesto, rebosante de salud, Meiners tenía el aire de ciertos actores del cine alemán de los años treinta, personajes de las comedias de la UFA. Algo así como un Hans Albers, por ejemplo.

Parecido que acentuaba su indumentaria, que no tenía nada que ver con la de los deportados ordinarios, ni siquiera con los que eran kapos o *Prominenten*. Había que mirarle atentamente para distinguir en su chaqueta deportiva de buen corte, o en la pierna derecha de su pantalón de franela gris, el rectángulo muy poco reglamentario de su número de matrícula. Lo mismo ocurría con el triángulo de identificación personal, que era aún menos perceptible sobre el *tweed* gris por el hecho de no ser rojo, color llamativo, sino negro.

En efecto, Meiners era lo que se llamaba un «asocial» en la jerga administrativa nazi.

Internado después de varias condenas por robo, estafa o abuso de confianza, Meiners había desempeñado un papel importante en la vida del campo, en la época en que el oficial SS Karl Koch era comandante de Buchenwald. Encargado de la administración de la cantina SS, aunque preso, viajaba por toda Alemania para hacer sus compras, organizando al mismo tiempo toda clase de trapicheos y forrándose –también hacía que Koch y otros oficiales SS se beneficiaran de sus ganancias ilícitas– gracias a un sistema de facturas falsas y de comisiones.

Pero Karl Koch (cuya mujer, Ilse, cabe recordarlo, era aficionada a los detenidos apuestos, a los que primero desnudaba en su cama, para gozar y contemplar, si se daba el caso, los tatuajes que recuperaba una vez el preso era ejecutado, para fabricar pantallas de lámpara), Koch, pues, fue víctima de las luchas intestinas que había en el universo de los SS *Totenkopf*, especialmente encargados de la vigilancia de los campos de concentración.

Fue destituido cuando estaba al mando de un campo en Polonia, le devolvieron a Weimar-Buchenwald y allí se le juzgó a puerta cerrada por corrupción. Acabó fusilado unos días antes de que el ejército americano liberara el campo.

Privado del apoyo cómplice de Koch, Meiners, el «triángulo negro», no fue, a pesar de todo, castigado con mucha severidad, un granuja siempre puede ser útil; no volvió a la administración de la cantina SS, desde luego, pero se le destinó a la *Arbeitsstatistik* para estar cerca de Seifert, espiarle, vigilarle y tratar de oponerse a él.

Pero Meiners no daba la talla. Ante Seifert, señor de la guerra en Buchenwald, verdaderamente no daba la talla. En pocos meses, a pesar del apoyo exterior de Schwarz, responsable SS del *Arbeitseinsatz* –es decir, del Servicio del Trabajo–, Seifert redujo a Meiners al papel de simple comparsa. Se hubieran necesitado hombres más decididos, más valientes, menos perezosos también, para oponerse al poder del núcleo rojo de la *Arbeitsstatistik*.

En la época en que yo trabajaba allí, delegado por la organización comunista española, Meiners ya no tenía ninguna autoridad y se encargaba tan sólo de trabajitos de tres al cuarto. Muy contento en el fondo de sí mismo, porque se le permitiera llevar una vida oscura, pero cómoda, de privilegiado irresponsable.

Meiners y yo nos odiábamos.

Eso sí, sin aparentarlo: no se levantaba la voz en nuestras conversaciones ocasionales, no había el menor enfrentamiento público. Pero si uno de los dos hubiera encontrado la manera de hacer desaparecer al otro, creo que ni él ni yo hubiéramos dudado un segundo.

Las razones de mi desprecio –de mi odio, porque era verdadero odio: vehemencia, furor, razón de vivir– son fáciles de adivinar: Meiners encarnaba, bajo una apariencia de simpatía banal, todo lo que yo detestaba. Todo lo que yo quería destruir –los defectos que llamábamos «burgueses»–, aquello y aquellos contra lo que yo luchaba. En cierto modo, era casi una suerte –en cualquier caso, una feliz circunstancia favorable– tener cerca de mí, ante mis ojos, una encarnación tan perfecta del enemigo. Desde luego, yo no olvidaba que los SS eran –dadas las circunstancias– nuestro enemigo principal. Pero, por otra parte, pensaba yo, no eran más que la guardia pretoriana de una sociedad de explotación en crisis. Vencer a los SS sin cambiar esta sociedad me parecía insuficiente. En resumen, estaba de acuerdo con la consigna de ciertos movimientos clandestinos de la Francia ocupada: «De la Resistencia a la Revolución».

Pero Meiners acaba de entrar en la sala trasera de la *Arbeit*. Walter y yo dejamos inmediatamente de hablar.

A él no le llama la atención. Está acostumbrado a las burbujas de silencio que se forman a su alrededor en la *Arbeit*. Sabe perfectamente que no puede esperar mucha calidez en nuestra pequeña comunidad militante y cosmopolita.

Silba la tonada de una canción de amor de Zarah Leander, una de las que el *Rapportführer* de servicio el domingo hace sonar regularmente aquel día en el circuito de los altavoces del campo.

Evidentemente, prefiero la voz ronca de Zarah Leander al agrio silbido de Meiners.

Éste acaba de abrir su taquilla, sin duda va a prepararse un tentempié.

Se instala para comer en el otro extremo de la mesa a la que estamos sentados Walter y yo: servilleta, plato de loza, cuchillo y tenedor de plata. A su alrededor coloca pedazos de pan blanco, embutidos, una lata de paté.

Se sirve una jarra grande de cerveza.

De pronto, en el momento en que empieza a esparcir una espesa capa de paté sobre una rebanada de pan blanco, previamente untada de margarina, Meiners levanta la cabeza y me mira fijamente y con malignidad, desorbitando los ojos.

Debe de acordarse, y eso le intranquiliza.

Unas semanas atrás, también de noche, nos quedamos frente a frente en la sala trasera de la *Arbeit*. Aquella vez solos, cara a cara. Hubo la misma ceremonia: servilleta bordada dispuesta sobre la mesa rugosa, cubiertos de lujo, exhibición de vituallas apetitosas.

Yo estaba bebiendo un vasito de café. Había acabado de degustar las mondaduras de patata asadas en un hornillo eléctrico. Le estaba observando y me entraron ganas de estropearle la comida. «¡A ver cuándo dejas de comer mierda delante de mí!», exclamé. «Tu paté apesta.» Metió la nariz en su lata de paté para olerlo. «Pura mierda», insistí. «¿Sabes con lo que hacen tu paté? Con la carne del horno crematorio.» Seguí con mi tema. Por fin Meiners terminó por sentir náuseas, no acabó de comer y salió huyendo de la sala trasera de la *Arbeit*.

Desde aquella noche me odiaba.

Odiaba en mí al extranjero, al comunista, al futuro vencedor. Me odiaba aún más porque no tenía la posibilidad de despreciarme por ignorar la lengua alemana. Yo hablaba alemán mejor que él. Al menos mi vocabulario era más rico que el suyo. Además, para darle en las narices a veces le recitaba poemas de los que no tenía la menor idea. Entonces su odio se encendía al rojo vivo.

Meiners me mira, sin duda se acuerda. Estalla.

¿Por qué le miro de aquella manera, con aquel aire de asco? Su paté es excelente, dice, procede de la cantina SS, está hecho con carne de cerdo, cerdo puro. Parecía casi a punto de proclamar que su paté era *judenrein*, no contaminado por los judíos. Yo casi esperaba que nos dijera que su paté era ario cien por cien, que expresaba la belleza ancestral de la raza germánica. ¿Quién soy yo para atreverme a criticar su paté ario?

Acaba gritando, mientras recoge todos los ingredientes de su tentempié.

–Volveré –proclama– cuando aquí sólo haya *Reichsdeutsche*.

Le hago observar que es difícil, por no decir imposible, no mezclarse con extranjeros en Buchenwald.

Es un lugar donde siempre se es el extranjero de alguien. Sólo hay un sitio donde uno sólo está rodeado por *Reichsdeutsche*, alemanes del Reich: el burdel. Hay que ir al burdel, le digo, para que podáis estar entre vosotros.

Walter se echa a reír, Meiners cierra de golpe la puerta metálica de su taquilla.

Descubrí por casualidad *¡Absalón, Absalón!* en el catálogo ciclostilado de la biblioteca del campo. Por casualidad, hojeando las páginas del folleto.

Varias veces al día pasaba por delante de la puerta de la biblioteca. En efecto, ésta estaba instalada en el mismo barracón que la Secretaría –*Schreibstube*– y la *Arbeitsstatistik*. Entre las dos oficinas, en medio del barracón, que a su vez se encontraba en la primera hilera de edificios que daban a la plaza donde se pasaba lista, al lado mismo del horno crematorio rodeado de una alta empalizada.

En previsión de una próxima semana de turno de noche, consulté el catálogo. Y di con Faulkner por casualidad, hojeando las páginas del folleto. Ya no me acuerdo qué es lo que buscaba, sin duda nada en concreto. Hojeaba sin más. En la letra hache había catalogados muchos ejemplares de *Mein Kampf* de Adolf Hitler.

Eso no era de extrañar: cuando se creó el campo de Weimar-Buchenwald en 1937, los jerarcas nazis quisieron hacer de él un modelo de campo de reeducación. Con este propósito, para que sirviera al *Umschulung* de los militantes y jefes antifascistas internados en la colina del Ettersberg, se instaló una colección de libros nazis en la biblioteca del campo.

Pero el objetivo de reeducar a unos adversarios políticos del régimen nazi no tardó en abandonarse. El campo se convirtió en lo que ya no dejó de ser: un campo punitivo, de exterminio por trabajos forzados. Exterminio indirecto, si se quiere, en la medida en que en Buchenwald no había cámara de gas. O sea, que no se hacía una selección sistemática de los más jóvenes, de los más débiles, de los más incapacitados, con el fin de destinarlos a una muerte inmediata. La mano de obra deportada, aunque estaba siempre a merced de castigos, hambrienta y apaleada, en su mayoría formaba parte de un sistema de producción de armamento cuyo resultado no podía ser igual a cero. Mano de obra, pues, a la que no se podía simplemente exterminar, sobre todo a partir del momento en que, como el espacio del imperio nazi en Europa iba menguando como una piel de zapa, ya no podía renovarse a voluntad.

De ahí la presencia de *Absalom! Absalom!*, de William Faulkner.

Desde luego, en alemán. Con una eme al final del nombre bíblico, por otra parte, igual que en inglés. La traducción era de Hermann Stresau, publicada por Rowohlt en 1938. En el mes de marzo de ese año, para ser completamente exactos, con una tirada de cuatro mil ejemplares.

No fue en Buchenwald donde me enteré –y menos aún fijé en la memoria– todos esos detalles. Leí la novela durante una semana de trabajo nocturno en diciembre de 1944. A lo lejos se libraba la batalla de las Ardenas, cuyo desenlace no podía sernos indiferente. Pero no guardé en la memoria ni el nombre del traductor ni el número de ejemplares de la primera tirada de 1938, el año de la capitulación de Múnich y de la Noche de los Cristales Rotos, que fue una de sus consecuencias.

Yo recordaba fragmentos enteros de la novela, frases que me repetía como conjuros. Desde luego, en alemán. En alemán leí por vez primera *Absalom, Absalom!*

«Und Sie sind –? Henry Sutpen. Und Sie sind hier –? Vier Jahre. Und Sie kehrten zurück –? Um zu sterben. Ja. Zu sterben –? Ja. Zu sterben. Und Sie sind hier –? Vier Jahre. Und Sie sind –? Henry Sutpen.»

Sí, aquel día de diciembre, domingo, mientras Kaminsky buscaba un muerto que nos conviniera, para que yo ocupara su lugar; es decir, un muerto que siguiera viviendo con su propio nombre, pero habitando mi cuerpo, quizá también mi alma; mientras Kaminsky parecía haber encontrado el muerto que yo necesitaba para seguir viviendo, en caso de que la nota de Berlín fuese verdaderamente inquietante –y una vez más tenía suerte, era inaudito, un chico de mi edad, con una diferencia de pocas semanas, y además estudiante, ¡y parisiense!, una suerte inaudita, ¿no?–, mientras Kaminsky estaba entusiasmado por haber encontrado al muerto que necesitábamos, según creía, que por otra parte no era más que un moribundo, todo aquello me desazonaba; durante aquel tiempo me recitaba las frases como conjuros que hay al final de la novela de Faulkner, cuando Rosa Coldfield y Quentin Compson descubren a Henry Sutpen, oculto en la casa familiar a la que ha vuelto para morir.

Dos años antes –toda una vida: varias muertes antes–, una joven me hizo leer una novela de William Faulkner, *Sartoris*.

Me cambió la vida. Quiero decir mi vida soñada, aún muy improbable, de escritor.

Una mujer muy joven me había hecho descubrir a William Faulkner.

Era en el París austero y fraternal de la Ocupación, en un café de Saint-Germain-des-Prés. Ya en otra ocasión he evocado el fantasma de aquella joven de ojos azules... (de pronto, lamento no poder cambiar aquí de lengua para hablar de ella en español: cómo me gustaría poder evocarla en español, o al menos mezclar las dos lenguas, sin que eso desconcertara al lector...

Porque tenemos derecho a sobresaltar al lector, a cogerle a contrapelo, a obligarle a reflexionar o a reaccionar en lo más profundo de sí mismo; también se le puede dejar insensible, desde luego, no afectarle para nada, no dar en su blanco o quedarnos cortos. Pero nunca hay que desconcertarle, no tenemos derecho; nunca hay que hacer que ya no sepa dónde está, en qué camino, aunque ignore adónde le conduce tal camino.

Ahora necesitaría lectores bilingües, fueran lo que fuesen, que pudieran pasar de una lengua a otra, del francés al español y viceversa, no sólo sin esfuerzo, sino incluso con placer, disfrutando de los juegos idiomáticos.

En resumen, si pudiera evocar en español el recuerdo de aquella joven diría que 'tenía duende', que 'tenía ángel' ¿En qué otra lengua, para hablar del encanto de una mujer, se dice que tiene ángel o duende?) En otros lugares, en otras narraciones, a veces he dado a esa muchacha su verdadero nombre, otras la he enmascarado con nombres novelescos: todo valía, todo servía, sinceridad, astucia narrativa, pretexto o capricho del escritor, con tal de que apareciese entre las líneas de la memoria, en el latido de la sangre emocionada.

Pero, por supuesto, no fue en Buchenwald donde fijé en la memoria el nombre del traductor de *Absalom, Absalom!,* Hermann Stresau, ni reparé en que la primera tirada de la traducción alemana de 1938 había sido de cuatro mil ejemplares.

Ha sido en Múnich, en casa de Hans Magnus Enzensberger, donde he advertido esos detalles. Más de cincuenta años después, en 1999, en el último año de un siglo lleno de ruido y de furia, pero también de vino y rosas.

Me encontraba en Múnich para asistir a un coloquio, una conferencia o algo parecido. En cualquier caso, hacía buen tiempo: probablemente, mayo o junio. Aquel día había almorzado con Hans Magnus. A la hora del café estábamos en su casa. Mejor dicho, en el lugar donde trabaja: un piso luminoso, de espacios limpios, lleno de libros, adornado con unos pocos objetos preciosos. Muy pocos, muy preciosos. Dos o tres cuadritos flamencos antiguos, misteriosamente resplandecientes de azul-Patinir.

Aquella tarde tenía una *Lesung*, una lectura: costumbre alemana extraña y grata. Unas personas pagan su entrada, llenan un teatro para escuchar a un escritor leer fragmentos de su obra. Desde luego, yo leía en alemán, no necesitaba ningún traductor.

Para aquella tarde había preparado una especie de mosaico o de montaje con fragmentos de mis tres narraciones sobre la experiencia de Buchenwald, unidos entre sí por el trabajo –interminable, tónico, desolador– de la anamnesis.

Allí, curioseando en las estanterías, descubrí inesperadamente los volúmenes con tapas de cartón, de color amarillo, de las obras de Faulkner que publicó Rowohlt.

Siempre doy una ojeada a las bibliotecas de las personas que me invitan a su casa. A veces debo de parecer demasiado insolente, demasiado insistente o inquisitivo, es un reproche que me han hecho. Pero las bibliotecas son apasionantes porque son reveladoras. La ausencia de biblioteca también, la ausencia de libros en un lugar de vida, que se convierte en mortal.

Sea como fuere, yo miraba la biblioteca de Enzensberger, por otra parte muy bien ordenada. Por temas, y dentro de cada tema por orden alfabético.

De pronto, las novelas de William Faulkner. Cogí el volumen de *Absalom, Absalom!* con el corazón palpitante.

Mientras hojeaba el libro, buscando las frases del final, que eran como conjuros, y que se me habían grabado en la memoria medio siglo atrás, una noche de diciembre en Buchenwald *(«Und Sie sind? Henry Sutpen. Und Sie sind hier? Vier Jahre. Und Sie kehrten zurück? Um zu sterben. Ja»)*, mientras buscaba estas frases contaba a Hans Magnus la historia de aquella novela de Faulkner, leída en Buchenwald en un invierno tan lejano.

Entonces, después de comprobar que se trataba de la misma traducción que yo había tenido en mis manos, la de 1938 de Hermann Stresau –no había otra–, después de ver que en 1948 se publicó una segunda edición de cuatro mil ejemplares, y una tercera, con una tirada idéntica, en 1958 –o sea, en total, doce mil–, Hans Magnus Enzensberger me regaló su ejemplar de *Absalom, Absalom!*

Lo tengo siempre al alcance de la mano, por si acaso.

En recuerdo de Enzensberger y de nuestros recuerdos comunes. Más de tres decenios de recuerdos comunes, desde Cuba en 1968, cuando asistimos juntos a la instauración por Fidel Castro del partido comunista de tipo leninista que necesitaba para transformar una revolución democrática –que había podido prescindir perfectamente de esa clase de partido para triunfar sobre el dictador Batista– en sistema de socialismo real.

En recuerdo de la lectura de Faulkner, hace tanto tiempo, en Buchenwald, de aquellas noches de diciembre de 1944, cuando los soldados norteamericanos no cedieron ni un palmo de terreno en Bastogne, a pesar de no ser fanáticos.

–A las seis en el *Revier* –había dicho Kaminsky.

Era casi la hora: las cinco y cuarto. Anochecía, habían encendido las farolas. La nieve espejeaba bajo el haz intermitente de los focos que empezaban a explorar el territorio del campo.

Pronto voy a saber qué muerto va a habitarme, si es necesario, para salvarme la vida.

Kaminsky había añadido sarcásticamente: «Hasta entonces, haz lo que siempre haces los domingos, diviértete con tu profesor y tus "musulmanes"».

Consejo superfluo: en efecto, iba a visitar a Maurice Halbwachs, y tratar una vez más de encontrar a mi joven «musulmán» francés en el barracón de las letrinas colectivas.

Antes, volví al bloque 40, donde estaba citado con unos compatriotas.

He ahí una palabra que en los últimos años, en mi lenguaje habitual, había caído en desuso. ¿Compatriotas? ¿De qué patria estoy hablando? Hacía más de cuatro años, desde que en 1939 decidí en el bulevar Saint-Michel de París que nunca más alguien iba a identificarme como extranjero a causa de mi acento, desde que lo había logrado, mi lengua materna, mis referencias a los lugares de origen –en resumidas cuentas, a la niñez radicalmente originaria– se habían borrado, se las había llevado el torbellino de lo reprimido, de lo silenciado.

A veces, pero sin duda era sólo para tranquilizarme –o para tranquilizar a las personas a las que me dirigía, y al mismo tiempo evitarme explicaciones demasiado largas y ociosas–, decía que para mí la lengua francesa era lo único que se parecía a una patria. No era, pues, la ley de la tierra ni la ley de la sangre, sino la ley del deseo la que en mi caso resultaba decisiva. Yo deseaba verdaderamente poseer aquella lengua, sucumbir a sus encantos, pero también violentarla. La lengua de Gide y de Giraudoux, de Baudelaire y de Rimbaud, pero también –sobre todo, en el fondo tal vez– la de Racine: perfección absoluta del equilibrio vertiginoso entre dominio transparente y violencia enmascarada.

Evidentemente, no por eso había olvidado el español. Seguía allí, presente-ausente, en una especie de coma, de existencia virtual, privado de valor de uso y comunicación.

No obstante, me parecía que en caso de necesidad vital podría recurrir a él.

Un solo hilo, íntimo y misterioso, unía aún la lengua de mi infancia a la vida real, el hilo de la poesía. De haber sido creyente, sin duda también el hilo de la oración se hubiera mantenido. Hubiese sido inconcebible rezar el padrenuestro en francés, por ejemplo. Pero no era creyente; o sea, que asunto zanjado.

El hilo de la poesía y creo que el de las cifras y las cuentas. También eso tenía que ver con la niñez, como las canciones infantiles. Siempre me era necesario repetir, aunque fuese en voz baja, las cifras en español para poder recordarlas, para memorizarlas. Números de calles o de teléfonos, fechas de citas o de cumpleaños: tenía que repetírmelas en español para grabármelas en la memoria.

El español también habrá sido siempre la lengua de mi vida clandestina.

Pero sobre todo es la poesía la que ha mantenido viva en mí, en el trasfondo, a un nivel profundo de gracia y de gratuidad absolutas, la relación con mi lengua materna. Durante los primeros años de exilio y de ocupación, enriquecí incluso mi conocimiento, mi uso íntimo de la poesía española. Con Luis Cernuda y César Vallejo, por ejemplo, poetas a los que ignoraba hasta entonces, o que conocía mal, sobre todo de oídas, o de haber oído algo de su vida.

De pronto en Buchenwald la situación cambió radicalmente.

Vivía de nuevo en una comunidad de lengua española, en la diversidad de los acentos, de las músicas, de los léxicos de las diferentes regiones de España y del español. Recuperaba las palabras antiguas para nombrar el frío, el hambre, la muerte. Para decir fraternidad, esperanza, gratitud.

Así, en Buchenwald, en el lugar del exilio más lejano, en las mismas fronteras de la nada –*östlich des Vergessens*, diría yo en alemán, «al este del olvido», aludiendo así al contenido de un célebre poema de Paul Celan–, en el último fondo del desarraigo, en cierto modo volví a encontrar mis puntos de referencia y mis raíces, que estaban tanto más vivas en la medida en que todo se orientaba hacia el porvenir: las palabras de la niñez no significaban sólo reencuentros con una identidad perdida –oscurecida al menos por la vida del exilio, que por otra parte la enriquecía–, sino también la apertura a un proyecto, lanzarse a la aventura del porvenir.

En cualquier caso, fue en Buchenwald, entre los comunistas españoles de Buchenwald, donde se forjó esa idea de mí mismo que me condujo más tarde a la clandestinidad antifranquista.

Compatriotas, pues, los españoles con los que estaba citado. A los que me unía de nuevo un sentimiento muy fuerte de pertenencia.

> ¡Ay, que la muerte me espera
> antes de llegar a Córdoba!
> Córdoba,
> lejana y sola.

Oigo otra vez la voz de Sebastián Manglano, mi compañero de catre.

Es importante, tal vez incluso vital, poder compartir con un verdadero compañero el espacio de la litera, previsto en principio, y además mezquinamente, para un único deportado.

> Aunque sepa los caminos
> yo nunca llegaré a Córdoba...

En el comedor del ala izquierda –Flügel C–, en el piso superior del edificio de cemento del bloque 40, se ensayaba, cuando llegué, el espectáculo que preparábamos. Espectáculo andaluz, no me atrevo a decir 'flamenco', porque no había entre nosotros nadie que fuese un verdadero intérprete de cante jondo. Los improvisados cómicos trataban de aprenderse de memoria sus papeles.

La voz de Sebastián es bien timbrada, grave y clara. Desde luego, su dicción no es perfecta. Por eso no consigue sacar todo el partido posible de la musicalidad sorda, punzante, de la vocal *a*, repetida en el texto poético. Pero no hay que pedirle demasiado: es un obrero metalúrgico, no un actor profesional. Sin embargo, formó parte, cuando aún era un jovencísimo combatiente del Quinto Regimiento del Ejército republicano, en el frente del Ebro, de una compañía de teatro *agit-prop*.

De todas formas, al recitar los versos de Lorca, Manglano consigue evitar la grandilocuencia castellana, tan natural en esta lengua imperiosa, imperial, de una triunfal rotundidad sonora, que hay que saber modular, dominar. A veces pienso que, abandonado a sí mismo, a los tropismos de su retórica consustancial, el castellano se cree el idioma del Dios de todas las cruzadas.

Pero Sebastián Manglano recita a Lorca con naturalidad, sin énfasis. «'¡Ay, que la muerte me espera antes de llegar a Córdoba!'»: se podría convertir esta queja desolada en algo solemne, clamoroso. Pero mi compañero de jergón habla en un tono sencillo y directo, casi coloquial; algo que suena a sencillo.

Sea como fuere, puedo darme por satisfecho. Nuestros actores improvisados se han aprendido de memoria impecablemente los papeles y las canciones.

Entre las tareas que me había confiado la organización clandestina del partido comunista español en Buchenwald figuraba una que podría llamarse con una expresión de hoy en día, bastante tonta, tal vez ridícula, de animador cultural.

Tarea que la verdad es que no era fácil de realizar. Era prácticamente imposible organizar conferencias, charlas, por las tardes, desde que se terminaba de pasar lista hasta el toque de queda. O el domingo a primera hora de la tarde. No teníamos ni charlistas ni conferenciantes posibles.

En efecto, la comunidad española de Buchenwald, por otra parte poco numerosa, era un fiel reflejo de la composición social del exilio rojo en Francia: muy pocos intelectuales y miembros de profesiones liberales, una inmensa mayoría de proletarios.

De eso yo no me quejaba ni mucho menos, que quede claro. En las diversas clandestinidades de mi larga vida clandestina, siempre me ha gustado tratar con proletarios, militantes obreros. Creo poder decir sin engañarme retrospectivamente, y también sin jactancia, que también a los militantes obreros les gustaba tratar conmigo.

De esta categoría de militantes, a los que ya digo que frecuentaba con interés, con provecho –aprendiendo de ellos en este trato la riqueza y los misterios de la fraternidad–, excluyo a los dirigentes del PCE. Al menos a la inmensa mayoría de ellos, con muy pocas excepciones. No porque no fuesen de origen obrero. Lo eran, y de qué forma. Presumían tontamente de ello, atribuyéndose un derecho de pernada ideológico y una pretensión de infalibilidad. El hecho de proceder de esta clase había degenerado en ellos en obrerismo, en una convicción de superioridad ontológica sobre los intelectuales militantes. Y no digamos respecto a los simples mortales.

Aun así, no había intelectuales en la organización comunista española de Buchenwald. Imposible, pues, organizar conferencias o charlas.

Sólo me quedaba la poesía.

Pasé largas horas nocturnas –o diurnas, en la *Arbeitsstatistik*, cuando no había demasiado trabajo– copiando los poemas españoles que yo recordaba. En aquella época yo tenía una memoria excelente, podía recitar cientos de versos de todas clases: sonetos de Garcilaso o de Quevedo, pero sobre todo versos de Lorca, Alberti, Machado, Miguel Hernández. Y de otros muchos.

En torno a estos textos poéticos reconstruidos, reproducidos, leídos en común, aprendidos de memoria por los más capacitados, montamos dos o tres espectáculos.

El siguiente iba a ser andaluz. No me atrevo a decir 'flamenco', lo repito, los puristas no me lo perdonarían.

Sin embargo, aunque fuese imposible intercalar 'cante jondo', conseguíamos –gracias a los textos de Lorca y a algunas canciones populares conservadas en la memoria de algunos de nosotros– hacer sentir la desesperación andaluza, el miedo que inspiraba la guardia civil en las comunidades de gitanos y de campesinos sin tierra.

> ¡Oh pena de los gitanos!
> Pena limpia y siempre sola.
> ¡Oh pena de cauce oculto
> y madrugada remota!

Así fue como había vuelto al país, al paisaje, a la palabra de mi niñez.

–El domingo no dejes de hacer lo de siempre –me había dicho Kaminsky con sarcasmo–, diviértete con tu profesor y tus «musulmanes».

Yo acababa de salir del bloque 56 donde Maurice Halbwachs esperaba la muerte.

Aquel día, para mi visita semanal, había previsto despertar su interés –o al menos distraerle de la lenta progresión pestilente de su propia muerte– recordándole su ensayo sobre *Los marcos sociales de la memoria*, que yo leí dos años atrás cuando era alumno suyo en la Sorbona.

Aquella idea se me ocurrió por la mañana, en el momento en que Kaminsky y Nieto interrumpieron mi sueño –¿o era más bien al revés? ¿Acaso no fueron los repetidos puñetazos de Kaminsky en el travesaño de la litera los que hicieron cristalizar imágenes-recuerdos dispersos, incoherentes, en un sueño coherente, en torno a los martillazos sobre un ataúd (y yo sabía que era el ataúd de mi madre el que se estaba clavando, aunque simultáneamente mi propia voz interior me decía en el sueño que era imposible, que no habían clavado el ataúd de mi madre en presencia mía; imposible además que eso hubiera sucedido en el paisaje oceánico que me rodeaba en aquel sueño provocado por los puñetazos de Kaminsky, sino, desde luego, clavado sin que yo estuviera presente, en el piso de mi familia de la calle Alfonso XI en Madrid), no eran más bien los puñetazos de Kaminsky en el travesaño de la litera los que al mismo tiempo habían provocado e interrumpido un sueño al que daban una forma que podría recordar?

En cualquier caso, incluso antes de que Kaminsky me dijera que me vistiese –tenían que hablar conmigo–, yo había tenido tiempo de pensar que interrogaría a Halbwachs más tarde. Todo el comienzo de su libro se ocupa de ese tipo de cuestiones: el sueño, las imágenes-recuerdos, el lenguaje y la memoria.

Pero aquel día Maurice Halbwachs no conseguía reaccionar ante mis preguntas, participar en una conversación. Estábamos a fines del mes de diciembre de 1944, no iba a morir hasta mediados de marzo de 1945, semanas más tarde, pero ya estaba sumido en una inmovilidad soñolienta, ataráxica.

Sólo salió de ella dos veces, fugazmente.

La primera, cuando advirtió mi presencia, de pie, junto al catre en el que estaba amodorrado, al lado de Henri Maspero. Entonces parpadeó y un esbozo de sonrisa se deslizó sobre su cara cérea. «*Potlatch!*», dijo con voz débil. Era una consigna, una contraseña, un desafío a la muerte, al olvido, a la evanescencia del mundo. La primera vez que le había visto en Buchenwald, en otoño, le hablé de su curso en la Sorbona sobre el *potlatch*. Y le divirtió mucho evocar la Sorbona en el año 1942, sus clases sobre la economía de *potlatch*.

Ahora, moribundo, al recibirme con la palabra *potlatch* casi inaudible, aunque sin duda gritada con todas sus fuerzas, no sólo quería demostrar que me había reconocido, sino además recordarme también, con una única palabra, toda su vida anterior, el mundo de fuera, la realidad de su propio oficio de sociólogo.

Un poco después, cuando estábamos hablando a su alrededor, él, que con los ojos cerrados parecía a punto de evadirse de su cuerpo deshecho, nos miró de pronto a la cara, probablemente buscando a alguien conocido para hacerle una pregunta decisiva.

–¿Bastogne? –preguntó.

Tomando la palabra al mismo tiempo, en una especie de coro mal concertado, pero fraternal, le dijimos que los americanos resistían en Bastogne, sin ceder ni un palmo de terreno.

«Potlatch» y «Bastogne»: dos palabras dirigidas al aire bastaron para que Halbwachs afirmase, contra la muerte que le devoraba, contra la nada que ya estaba invadiéndole, que pertenecía a la vida y al mundo.

–A las seis en el *Revier* –había dicho Kaminsky.

Había que esperar más de media hora.

Acababa de salir del bloque 56 junto con Lenoir y Otto, que desde hacía varias semanas formaban parte del círculo dominical que se reunía en torno a Maurice Halbwachs. En efecto, había corrido el rumor, no sé cómo, entre los intelectuales de Buchenwald: el domingo, en el bloque 56 hay una reunión en torno a un profesor de la Sorbona, se discute. Se veían llegar incesantemente caras nuevas.

De todos modos, aquel domingo, tal vez mi último domingo bajo mi verdadero nombre, había encontrado allí a Lenoir. ¿O era Lebrun? En cualquier caso, no era su verdadero nombre. Era un judío austriaco que no se llamaba ni Lenoir ni Lebrun. Que se llamaba Kirschner, Felix Kirschner, si no recuerdo mal. De lo que estoy seguro es de que su nombre era Felix. Lo demás ya es dudoso. Se le detuvo en Francia con documentación falsa a nombre de Lenoir o Lebrun –sin duda, uno de estos dos apellidos: no era Leblanc ni Leroux ni Legris; su color onomástico era el negro o el pardo–, y la Gestapo le había deportado con tal nombre, sin sospechar que bajo aquel banal patronímico francés se ocultaba un judío de Viena.

Ya fuera Lenoir o Lebrun –ahora no consigo acordarme con certeza–, apareció en la *Arbeitsstatistik* en el otoño de 1944.

Nunca he llegado a saber si fue reclutado por la vía política. En caso de ser así, siempre ignoré a qué partido comunista representaba: ¿al francés o al austriaco? Aunque es posible que fuese reclutado sencillamente según criterios de cualificación profesional, porque hablaba casi todas las lenguas europeas. Al menos todas las de los países que habían dado algún deportado al imperio SS.

En cualquier caso, Lenoir –cara o cruz: me he decidido por Lenoir– era un hombre culto y que hablaba muy bien. Parecía experimentar un gran placer hablando, fuera cual fuese el tema tratado, y podía intervenir en las conversaciones más variadas.

Por lo que respecta a mí, tenía muchas preguntas que hacerle cuando nos reuníamos en la pausa del mediodía, o al caer la tarde, mientras pasaban lista.

Unos años atrás, en la Rue Blaise Desgoffe, en casa de Edouard-Auguste F. (¿no he hablado ya en algún otro lugar de este personaje, de su magnífica biblioteca?), yo había leído *Der Mann ohne Eigenschaften*, de Robert Musil. Además, desde 1934, año en el que las milicias obreras fueron aplastadas en los dos países por gobiernos reaccionarios de la derecha católica, que así abrían el camino al fascismo, un destino histórico comparable, más bien sombrío, parecía encarnizarse con Austria y España.

Yo sentía, pues, curiosidad por aquel universitario vienés, ciudadano de una república que dejó muy frágil la herencia perversa de la antigua Kakania de Musil, y que más tarde fue borrada del mapa por Hitler, no sólo sin disparar ni un tiro, sino incluso en medio del entusiasmo masoquista de gran parte de los austriacos en 1938, el año de todas las derrotas.

Comprendí, pues, ya en nuestra primera conversación, que no iba a ser una pérdida de tiempo oírle hablar de su país.

Me habló de una conferencia de Edmund Husserl –¡nada menos!– a la que él (Lenoir, es decir, Kirschner, aunque ahora ya no estoy seguro, quizá fuese Kreischler) había asistido, y cuyo contenido me resumió.

En 1935 –la conferencia tuvo lugar en mayo– Edmund Husserl ya había sido expulsado de la universidad alemana, subrayaba Lenoir, por ser judío, y Martin Heidegger ya había retirado la dedicatoria de la primera edición de *Sein und Zeit.* Dedicatoria de 1926 que a Heidegger ya no debía de parecerle oportuna ni conveniente a partir de 1933, sobre todo por el hecho de expresar sentimientos tan sospechosos como la «veneración» *(Verehrung)* y la «amistad» *(Freundschaft)* que un judío como Husserl ya en modo alguno podía merecer públicamente.

Aún puede leerse con provecho, sesenta y cinco años más tarde, en nuestra época de construcción europea, el texto de la conferencia de Husserl, que, según creía recordar Lenoir, también se pronunció en Praga, unos meses después de Viena.

Lo que Lenoir no podía decirme, porque lo ignoraba, o al menos no lo recordaba en el caso de haberlo sabido, es que el joven filósofo que organizó aquel acto en el que intervino Edmund Husserl, se llamaba Jan Patočka.

Mucho más tarde, varios decenios más tarde, convertido en portavoz de la Carta 77, Jan Patočka murió en Praga de un ataque al corazón después de un interrogatorio de la policía del régimen comunista. Interrogatorio sin duda demasiado fuerte, demasiado enérgico, demasiado brutal. El día del entierro de este gran filósofo, escandalosamente poco conocido en Francia, la policía política checa ordenó el cierre de todas las floristerías de Praga, para evitar que las manos fieles de los hombres y de las mujeres libres llevaran a la tumba de Patočka una montaña de flores.

Pero en 1944 en Buchenwald, Lenoir no podía hablarme de Jan Patočka.

En cambio yo podía decirle que gracias a Husserl –al menos parcialmente, no puedo negarme cierto mérito personal– obtuve un segundo premio de Filosofía en el Concurso General de 1941.

Gracias a Husserl y a Emmanuel Levinas, quien hizo que yo lo descubriera.

Durante el año 1941, cuando estudiaba el curso de *Philo*, en la biblioteca de Sainte-Geneviève fui a dar con un artículo de Levinas publicado en la *Revue Philosophique:* una especie de introducción a la lectura de Husserl y Heidegger, a la teoría fenomenológica de la que nunca se hablaba en las clases de nuestro profesor del liceo Henri IV, un tal Bertrand, excelente pedagogo pero no muy buen teórico, impregnado de esa devoción idealista de tradición bien francesa, a lo Victor Cousin: sin duda el lector ya entiende lo que quiero decir.

En cualquier caso, Bertrand supo transmitirme la pasión por la filosofía; por las filosofías en general, salvo la suya, que era muy endeble.

Tengo que recordar que eran los tiempos en que Le Senne y Lavelle eran los maestros filosóficos de la Universidad. Jean-Paul Sartre para nosotros aún no era más que el novelista de *La náusea*, y el ensayo fundamental de Merleau-Ponty, *La estructura del comportamiento*, todavía no se había publicado.

Así pues, Emmanuel Levinas me descubrió a Husserl y a Heidegger en el invierno de 1940-1941.

Leí todo lo que era accesible de estos autores y todo lo que se había escrito sobre ellos: no era mucho, pero estaba nada menos que *Sein und Zeit*, que leí aquel invierno después de comprarlo tras largas vacilaciones, porque para adquirirlo tuve que entrar en la librería alemana del bulevar Saint-Michel, lugar en el que me había jurado a mí mismo no poner nunca los pies.

Por eso, cuando el 13 de mayo de 1941 me senté en una sala del Centro de Exámenes de la Rue de l'Abbé-de-l'Épée, para la redacción de filosofía del Concurso General de los liceos y colegios, y vi cuál era el tema –cuyo enunciado literal ha desaparecido de mi memoria, pero que trataba de los problemas del conocimiento intuitivo–, eché mano de todo lo que había aprendido en Husserl acerca de esa cuestión.

Bertrand, mi profesor, se sintió dividido: por una parte, feliz al ver que uno de sus alumnos recibía un premio del Concurso General; por otra, entristecido al comprobar que había apoyado mi reflexión en las teorías de Husserl, un filósofo que turbaba su comodidad idealista.

–¡No te mueras! –me dijo en el umbral de la puerta casi en voz baja.

Con un ademán furtivo, pero tierno, me rozó la mejilla.

Habíamos pasado la noche juntos, en la Rue

Visconti, donde nos sorprendió el toque de queda. Sin embargo, era la primera vez que nuestros cuerpos se tocaban: con la mano me acarició castamente la mejilla.

¿Qué decía? ¿Morir? Ni hablar. En aquella primavera de 1943 yo estaba seguro de ser inmortal. Al menos invulnerable. ¿Por qué me decía eso? ¿Qué debilidad había tenido de pronto?

Julia, éste era su nombre de guerra, era el último de mis contactos con la MOI, la organización comunista francesa para los extranjeros. Primero habían sido Bruno y Koba. En aquellos últimos tiempos, Julia. Pero la decisión ya estaba tomada: iba a trabajar con Jean-Marie Action, una organización Buckmaster. Allí manejaría armas, y yo necesitaba cambiar las armas del discurso por el discurso de las armas.

Si cito esta fórmula marxista es para que se comprenda cómo era yo a los diecinueve años: qué exigencia, qué ilusión, qué fiebre, qué voluntad de vivir.

(¿Morir? Pero ¿de qué hablaba Julia? ¡Yo era invulnerable!)

Las armas: lo que se lanzaba en paracaídas, los maquis de la Borgoña, Jean-Marie Action. Me uní a ellos de acuerdo con los de la MOI. Pero había que cortar lazos por razones de seguridad: cada cual en lo suyo, para que no hubiera una proliferación funesta en caso de detenciones.

No sé por qué, sin duda porque ya se había dicho todo, porque aquélla era nuestra última cita y nuestros caminos iban a separarse, sin duda a causa de todo eso a la vez, el caso es que Julia se abandonó a las confidencias.

Desde luego nada concreto, nada verdaderamente íntimo. Alusiones a hechos, comentarios acerca de libros, que permitían adivinar, reconstruir briznas de una biografía: austriaca, yo ya sabía que lo era; vienesa; probablemente judía. Verosímilmente había trabajado desde que era muy joven –Julia debía de tener cuando yo la conocí unos treinta años– en el aparato del Komintern.

Yo había podido verificar hasta qué punto su formación teórica era sólida, pero ignoraba su afición a la literatura. A la poesía en particular. Aquella noche me habló de Bertolt Brecht, de quien yo no sabía casi nada.

Me recitó poemas de Brecht: algunos versos se grabaron en mi memoria para siempre.

Yo le recitaba poemas de Rafael Alberti, traduciéndoselos. A ella le gustaba sobre todo oírlos en español por la sonoridad, la música de la lengua.

De poema en poema, de descubrimiento en descubrimiento, de pronto fue demasiado tarde: ya había pasado la hora del toque de queda. Sin embargo, traté de irme de la Rue Visconti, de volver al lugar donde vivía en aquella época, pegándome a las paredes. Fue inútil: en la Rue Bonaparte, los pitidos de los vigilantes de manzana empezaron enseguida a perforar el silencio de la noche.

Me batí en retirada a toda prisa.

Antes de aquella salida precipitada, abortada, habíamos tenido tiempo de solucionar un asunto personal. Julia quería que yo le devolviese un libro que me había prestado. Mejor dicho, que había hecho que me prestaran. En los últimos tiempos yo había tenido la posibilidad, una vez por semana, un día determinado a una hora convenida, de entrar en un piso burgués del distrito séptimo. Abría la puerta una señora de cierta edad, se necesitaba una contraseña. Me conducía hasta una puerta oculta detrás de un pesado tapiz, puerta que daba a una habitación atestada de libros.

Era la biblioteca de Alí Babá, allí estaban todos los libros marxistas publicados hasta entonces. Exclusivamente en alemán. Así pude progresar en el conocimiento de las obras filosóficas del propio Marx, y leer también cierto número de textos polémicos o teóricos de autores que luego se han convertido en míticos o en apestados. A menudo en las dos cosas a la vez.

De todos aquellos libros el que más me impresionó fue el de Lukács, *Geschichte und Klassenbewusstsein (Historia y conciencia de clase):* un verdadero flechazo. Había dos ejemplares de la edición Malik en la biblioteca clandestina de la Rue Las Cases.

El que tomé prestado era precisamente el objeto de litigio entre Julia y yo. Ella quería que lo devolviese en el momento de cortar toda relación entre nosotros. Yo aseguraba que aún lo necesitaba para mi formación marxista. Ella me decía que el ensayo de Lukács había sido duramente criticado por los teóricos del Komintern, que era preferible que no utilizase un libro tan sulfuroso para mi formación teórica. Yo le replicaba que si Lukács era sulfuroso, había que retirar urgentemente su libro de la biblioteca de préstamo clandestino, para no contaminar a otros lectores. ¡En mi poder *Geschichte und Klassenbewusstsein* sería inaccesible para las almas débiles!

Me llamaba sofista, pero no podía por menos que sonreír.

En cierto momento de esta discusión (por fin, ya cansada de discutir, Julia consintió en dejarme el ejemplar del ensayo de Lukács; desapareció en la tormenta de estos años, con toda mi biblioteca de juventud de la Rue Blainville), en cierto momento, no sé por qué, le hablé de mi premio de filosofía en el Concurso General. Tal vez para convencerla de mi derecho moral a conservar el libro.

Quiso saberlo todo acerca de ese premio.

Tengo delante una fotocopia de mi redacción de mayo de 1941.

Hace unos años, el Ministerio de Educación Nacional, que preparaba una ceremonia solemne con motivo de un aniversario de la creación de dicho Concurso –¿centenario o el ciento cincuenta aniversario? Ya no me acuerdo–, me mandó el texto de mi redacción.

Como esta conmemoración fue anulada por un

motivo que ahora no sabría precisar –tal vez simplemente porque entretanto había cambiado el titular de la cartera de Educación Nacional–, he olvidado por qué recibí esta fotocopia, y lo que se esperaba de mí en aquella ocasión frustrada.

El hecho es que pude releer mi redacción.

En el texto todo me era extraño y me desconcertaba. No reconocía al muchacho de diecisiete años que entonces fui y que la había escrito. No me identificaba con él. No reconocía mi manera de escribir, ni el estilo de mi pensamiento, ni el método de trabajo filosófico.

Lo que más me sorprendió, si se me permite un breve instante de autosatisfacción, es que en mi texto no había ni una sola cita: todas las referencias filosóficas, por otra parte bastante fáciles de descifrar, estaban interiorizadas, habían sido integradas en mi propio discurso. A los diecisiete años –lo saben bien los profesores que corrigen trabajos de filosofía durante todo el curso– se tiene una considerable tendencia a rellenar con citas y referencias nominales las redacciones que se escriben. Las citas son las muletas de un pensamiento todavía inseguro.

En mí no había nada de eso, lo cual me dejó estupefacto.

A pesar de todas esas cualidades, no me reconocía en esas páginas. Alguien que no era yo era el que se expresaba: otro yo; yo mismo siendo otro; eso provocaba mi curiosidad.

Por otro lado, estaba convencido de que hubiese

tenido una sensación de extrañeza análoga de haber podido releer mi redacción en 1943, en el momento en que hablaba de ella con Julia.

Efectivamente, entre estas dos fechas, 1941 y 1943, había habido en mi vida un acontecimiento considerable: había descubierto las obras filosóficas de Karl Marx. Había sentido pasar sobre todas mis ideas, sobre mi manera de estar en el mundo, el soplo avasallador del *Manifiesto del partido comunista*, un verdadero huracán.

No sé cómo hacer comprender a un joven de hoy –ni siquiera si es posible, y aún menos si es útil–, a un joven de diecisiete años que esté en el último curso de filosofía, ahora que el comunismo no es más que un mal recuerdo, como máximo un objeto de investigación arqueológica; cómo hacerle sentir con toda su alma, con todo su cuerpo, lo que llegó a ser para una generación que cumplió los veinte años en la época de la batalla de Stalingrado, el descubrimiento de Marx.

Qué tornado, qué horizonte ofrecido al espíritu de invención y de responsabilidad, qué vuelco de todos los valores –cuando se tropezaba con Marx, después de haber leído (un poco) a Nietzsche: *Zaratustra, El origen de la tragedia, Genealogía de la moral...* ¡Mierda, qué antiguallas!–, qué alegría de vivir, de arriesgarse, de quemar las naves, de cantar en mitad de la noche frases del *Manifiesto*.

¡No, sin duda es imposible! Olvidemos, basta de exequias fúnebres, alejémonos de Marx sepultado por los marxistas con una mortaja ensangrentada o una traición permanente. Imposible comunicar el significado y el saber, el sabor y el fuego de ese descubrimiento de Marx, a los diecisiete años, en el París de la Ocupación, época insensata en la que se iba en pandilla a ver *Las moscas,* de Sartre, a escuchar esa llamada a la libertad del héroe trágico, en la que, después de haber leído todos los libros, florecía súbitamente en nuestras almas la necesidad de tomar las armas.

Al amanecer, en la Rue Visconti, cuando terminó el toque de queda, después de una noche que pasamos en blanco conversando, los dos estábamos en el umbral de la puerta.

–No te mueras –dijo Julia.

Su mano derecha me rozaba tiernamente la mejilla.

¿De qué hablaba? Era absurdo. ¿Cómo podía imaginar que yo fuese mortal?

–No te mueras, por favor –insistió.

En Buchenwald me acordé de Julia mientras hablaba con Lenoir. Hablábamos de Lukács, y yo me acordaba de Julia. El recuerdo de Julia reaparecía siempre ligado al de Lukács. Cuando publiqué mi primer libro, *El largo viaje*, Lukács, que ya era viejo, lo leyó en alemán, y habló de él. Publicó unos comentarios. Desde entonces, hacia mediados de los años sesenta, Lukács me enviaba regularmente estudiantes de Budapest, chicos y chicas.

Llamaban a mi puerta, en el rellano había un joven desconocido. O una desconocida. Yo reconocía inmediatamente la mirada de esos jóvenes desconocidos, chicos o chicas. Esa mirada lúcida, desesperada, fraternal. La mirada del Este, de la otra Europa abandonada a la barbarie. *Östlich der Hoffnung*, al Este de la esperanza.

Todos traían un mensaje de Lukács, podía iniciarse una conversación, una aventura de la amistad.

Pero yo me acordaba de Julia, de su mano rozando mi mejilla, del soplo de su voz, tiempo atrás.

–Tal vez lo que pasa es sencillamente que Dios está agotado –acaba de decir Lenoir–, que ya no tiene fuerzas. Se ha retirado de la Historia; o la Historia se ha retirado de Él. Su silencio quizá no es la prueba de su inexistencia, sino la de su debilidad, de su impotencia...

Los tres, Lenoir, Otto y yo, nos hemos refugiado en el barracón de las letrinas colectivas; una borrasca de nieve nos había azotado sorpresivamente, cortándonos el aliento, cuando íbamos desde el bloque 56 de Maurice Halbwachs hasta el Campo Grande.

Otto, el tercero en nuestras conversaciones, era un «triángulo violeta», un *Bibelforscher* o testigo de Jehová. Había aparecido en nuestro círculo dominical dos semanas atrás. ¿Quién le había hablado de nuestros conciliábulos? Nunca lo supimos. Pero enseguida nos cautivó por su rigor, una especie de radicalidad de pensamiento.

Ya el primer día de su aparición interrumpió a uno de nosotros que hablaba banalmente de un tema insignificante.

–Escuchadme –nos dijo en sustancia–. No estamos arañando unos instantes del domingo a la necesidad que tenemos de dormir, a nuestra hambre permanente, a la angustia del mañana, para decir trivialidades. Para eso, mejor volver a nuestros bloques después de la lista del mediodía y la sopa de fideos y tratar de dormir unas horas suplementarias. Además, quien duerme come...

Las tres últimas palabras las dijo en francés, dirigiéndose a Lenoir, de quien no podía saber que era vienés, además de judío, puesto que llevaba una efe grabada en un triángulo rojo.

Lenoir tuvo una reacción curiosa, difícil de comprender. Recitó a toda velocidad una sarta de proverbios franceses.

–En efecto, quien duerme come –dijo–. Tanto va el cántaro a la fuente que al fin se rompe. Bebe tras comida y manda al cuerno la medicina. Cielo aborregado y mujer que se pinta pasan muy aprisa...

Le miramos con consternación.

Pero Otto, el testigo de Jehová, no estaba dispuesto a que le apartaran de su propósito por tan poco.

–Hay un asunto, uno solamente, que merece el sacrificio de unas cuantas horas de sueño.

Había conseguido captar, incluso tal vez cautivar, nuestra atención.

–Es el de la experiencia del Mal. Porque es la que domina todas nuestras experiencias en Buchenwald... Hasta la de la muerte, que sin embargo es crucial.

Resultó que el ensayo de Kant, *La religión dentro de los límites de la simple razón*, que acababa de traducirse en 1943, había sido una de mis últimas lecturas. La Gestapo debió de encontrar un ejemplar en el cuarto que yo ocupaba a veces, en la casa de Irène Rossel en Épizy, un arrabal de Joigny. El libro de Kant y *La esperanza,* de Malraux.

–*Das radikal Böse*, la experiencia del Mal radical, ¿por qué no? –dije a Otto.

Me miró exultante.

–¡Eso es, eso es! ¿Eras estudiante de filosofía? *Philosophiestudent:* esto me recuerda algo.

Claro: la frase de Seifert cuando me recibió por vez primera en la *Arbeitsstatistik*, en su cuchitril personal. «Es la primera vez que veo aquí a un estudiante de filosofía», me dijo. «Los compañeros que suelen mandarme son proletarios» *(Die Kumpel die zu mir geschickt werden sind Proleten).*

Pero Otto no creía que había que limitarse a Kant. En la investigación del Mal radical creía que también había que tener en cuenta a Schelling, sus *Investigaciones sobre la esencia de la libertad humana.*

–He encontrado un ejemplar en nuestra jodida biblioteca –añadió.

Mi ejemplar desapareció en el desastre de la Rue Blainville, con todos mis demás libros.

Era un volumen de las ediciones Rieder, publicado a mediados de los años veinte. La traducción del texto de Schelling era de George Politzer, y la introducción de Henri Lefebvre.

Por otra parte, si el libro llegó a mis manos fue a causa del traductor y del prologuista. Un compañero del Henri IV –estuvimos juntos en la manifestación del 11 de noviembre de 1940 en los Campos Elíseos; juntos también conseguimos escapar de las redadas de la policía parisiense y del batallón de la Wehrmacht que el Estado Mayor nazi envió para desalojarnos del barrio–, un compañero de *Philo*, en efecto, que no era de *Philo* 2 como yo, con Bertrand, sino de *Philo* 1, con René Maublanc, profesor marxista, de lo cual hay que acordarse y felicitarse, me había aconsejado la lectura de Schelling, precisamente a causa de Politzer y de Lefebvre.

El hecho es que yo había leído el ensayo de Schelling, conservaba el recuerdo de una evidente fulguración teórica, de un núcleo duro de ideas innovadoras, bajo los oropeles de un lenguaje oscuro, casi místico.

Unos días después de esta conversación dominical en torno al catre de Maurice Halbwachs, Otto fue a buscarme al *Arbeitsstatistik* durante la pausa del mediodía.

Yo estaba en la sala trasera y leía los periódicos. Tenía el encargo de hacer un resumen de la prensa nazi para la troika directiva del partido español: un ejemplar único y manuscrito, que Nieto hacía leer a Falco y a Hernández, falsos nombres reales de Lucas y de Celada.

Yo elegía así los artículos más significativos del diario *Völkischer Beobachter* y del semanario *Das Reich*, de los que resumía o citaba fragmentos, desde luego traducidos.

Aquel día no tenía nada que comer, no estaba comiendo. En cambio tenía un cigarrillo. Fumaba, pues, la mitad de un cigarrillo de tabaco oriental –sin duda había sido Seifert quien me lo había regalado– mientras me bebía un vaso de la bebida caliente obligatoria de Buchenwald.

Se abrió la puerta, entró Walter. Y tras él Otto.

–Una visita para ti –dijo Walter, que se fue enseguida.

Otto llevaba un libro en la mano, el famoso ensayo de Schelling. Empezó a hablarme de él, a señalarme los pasajes que había elegido para mí.

Meiners, el «triángulo negro», nos observaba.

Desde luego, nos dábamos la espalda, como de costumbre, pero él se cambió de sitio para observarnos, abriendo mucho los ojos, como si estuviera indignadamente sorprendido.

Otto, mientras señalaba con el dedo el fragmento elegido, en el volumen abierto delante de nosotros, me leía en voz alta pasajes de Schelling. Quería demostrarme que la concepción del Mal de este último era mucho más rica, más sustancial que la de Kant.

«¿Cuál es la relación de Dios como ser moral con respecto al Mal, cuya posibilidad y efectividad dependen de la autorrevelación? Si quiso crear ésta, ¿quiso también crear el Mal?, ¿y cómo conciliar esta voluntad con la santidad y la suprema perfección que están en él, o para usar la expresión corriente, cómo justificar a Dios del Mal?»

En efecto, era una pregunta pertinente, que todas las teologías, en particular la tomista, han querido esquivar u ocultar, preservando a Dios, apartándole para siempre de la línea del Mal.

Yo escuchaba a Otto comentándome el sentido profundo de aquel pasaje, y veía los ojos desorbitados de Meiners y su rictus de odio.

Pero Otto continuaba con la lectura de fragmentos de Schelling.

«Dios no obstaculiza esta voluntad de fondo, y no la suprime. Eso equivaldría exactamente a que Dios suprimiese la condición de su existencia, es decir, *su propia* personalidad. O sea, que para que el Mal no exista, el propio Dios tendría que dejar de existir...»

En aquel preciso momento Meiners reaccionó. Mascullaba palabras incomprensibles, pero sin duda desagradables.

Me dirigí a él.

–*Was murmelst Du? Otto ist doch ein Reichsdeutscher!* –¿Qué murmuras?, le dije, ¡Otto es un alemán del Reich!

Una vez más di en el blanco.

Meiners recogió sus cosas y se fue mascullando groserías sin dirigirse a nadie en concreto.

Otto no mostró extrañeza, no hizo ninguna pregunta.

–Es una mierda –dijo–. Ya le conozco. Espero que le juzguen. No vale ni lo que cuesta el plomo de seis balas en la barriga.

Estaba claro que la lectura asidua de la Biblia no era incompatible con tener opiniones tajantes.

Un poco más tarde, Otto me leyó otra frase de Schelling que se me quedó palabra por palabra en la memoria. En cambio, de las que acabo de reproducir sólo recordaba el sentido general. He tenido que reconstruirlas consultando un volumen de las obras metafísicas de Schelling publicado hace unos años en una prestigiosa colección de filosofía y en una traducción más reciente que la de Politzer.

Sea como fuere, entonces Otto, en la sala trasera de la *Arbeit*, acababa de exponerme una noción crucial de Schelling según la cual nunca el orden y la forma representan algo originario: es una irregularidad inicial lo que constituye el fondo cosmológico y existencial.

Y concluía con una fórmula que me llegó a lo más hondo, hasta el punto de que se me quedó en la memoria para siempre: «Sin esta oscuridad previa, la criatura no tendría ninguna realidad: las tinieblas son algo que le corresponden necesariamente...».

No sólo las tinieblas del sufrimiento, pura pasividad, pensé; también las tinieblas del Mal, pulsión activa de la libertad originaria del hombre.

Así fue como Dios irrumpió en nuestras conversaciones en torno al jergón de Maurice Halbwachs. Era lo mínimo que podía esperarse: domingo, día de la sopa de fideos y del breve ocio milagroso, día del Señor.

–Tal vez Dios está extenuado, exangüe, ya no tiene más fuerzas. Su silencio podría ser el signo de su debilidad, no de ausencia, de su falta de existencia –acaba de decir Lenoir, judío vienés, respondiendo a una pregunta de Otto.

Los tres, Otto, Lenoir y yo, al salir del bloque 56 entramos en el barracón de las letrinas colectivas. Eran las cinco y media, estaba anocheciendo. Yo no tardaría en saber qué muerto, si el caso lo requería, iba a tomar mi nombre para que yo tomase su vida.

Los tres, para calentarnos, fuimos hasta el centro del barracón, en medio de aquel olor cálido y pestilente. Me parece que ninguno de nosotros prestaba verdaderamente atención al habitual espectáculo de los deportados con los pantalones caídos, sentados en la viga de apoyo, mientras defecaban por docenas. Hablábamos en silencio de Dios, de su debilidad fingida o real, y el ruido, no obstante próximo y repugnante, de los retortijones de tripas por la cagalera, apenas llegaba a nuestros oídos, o muy poco.

Acerca del silencio de Dios yo carecía de inquietudes metafísicas. En efecto, ¿qué había de asombroso en el silencio de Dios? ¿Cuándo había hablado? ¿Con ocasión de qué matanza del pasado había dejado oír su voz? ¿Qué conquistador, qué caudillo cruel había sido condenado alguna vez?

Si uno no quería ver fábulas en los escritos bíblicos, si quisiera atribuirles alguna realidad histórica, estaba claro que Dios, en la historia de la humanidad, no había vuelto a hablar desde el monte Sinaí. ¿Qué había, pues, de sorprendente en que continuara guardando silencio? ¿Cómo íbamos a asombrarnos, indignarnos o angustiarnos por un silencio tan habitual, tan arraigado en la Historia: tal vez incluso constitutivo de nuestra historia, a partir del momento en que ella –la Historia– dejó de ser sagrada?

De lo que se trataba, decía yo a los otros dos, no era del silencio de Dios, sino del silencio de los hombres. Sobre el nazismo, por ejemplo, Mal absoluto. Era demasiado largo, demasiado temeroso, aquel silencio de los hombres.

Pero nuestra conversación se interrumpió bruscamente.

Un preso cruzó de pronto el barracón trastabillando con sus zuecos de suela de madera, corriendo hacia la zanja de los excrementos. La urgencia de su necesidad era tal que se iba bajando los pantalones sin dejar de avanzar en una especie de carrera a brincos.

No tuvo tiempo de llegar a la zanja.

Antes de conseguir darse la vuelta para dejarse caer de espaldas sobre la viga, un chorro de líquido nauseabundo y viscoso brotó de sus entrañas, ensuciando la ropa de un grupo que estaba sentado muy cerca, formando corro: tres o cuatro deportados que compartían una colilla.

Chillidos de indignación y de repugnancia; insultos sanguinarios; vapuleo inmediato del culpable involuntario, que acabó por ser arrojado a la fosa de las letrinas, sumergido en la mierda.

Pronto la refriega se hizo general.

Como el pobre de la diarrea era francés y el grupo de tranquilos fumadores de *machorka* polacos, la pelea, además, degeneró en étnica.

Todos los franceses del barracón se precipitaron renqueando, cojeando, sin aliento, en socorro de su compatriota, para sacarle de la zanja y castigar a los polacos. Que se reagruparon también, aprovechando la ocasión para vengarse de los franceses, despreciados en Buchenwald por la mayoría de los deportados de la Europa central y del este, a causa de su humillante derrota de 1940 frente al ejército alemán. Ya seríamos libres si esos desgraciados franceses no hubieran perdido la guerra: ésta era la opinión general en *Mitteleuropa*.

La llegada de un grupo de forzudos jóvenes rusos del *Stubendienst*, que venían del Campo Pequeño, puso fin a aquel tumulto, y todos acabaron volviendo enseguida a su ocupación dominical habitual, en medio del vaho hediondo de «baño popular», de «lavandería militar».

–Di a ese «viejo creyente» que se aparte un momento... Tengo que hablar a solas contigo.

Nikolái, el *Stubendienst* del bloque 56 está delante de nosotros.

Otto y yo estamos en la entrada del barracón de las letrinas. Lenoir se ha largado, escabulléndose en medio del tumulto y la confusión: no tenía ningunas ganas de verse envuelto en la pelea entre polacos y franceses. La efe negra sobre su triángulo rojo podía hacer que se viese implicado, y eso hubiera sido el colmo para un judío vienés.

Nikolái señalaba con un dedo a Otto, el testigo de Jehová.

Había hablado en alemán, como de costumbre. Pero había dicho *raskolnik* para aludir a los «viejos creyentes». He traducido del ruso para mayor comodidad del lector.

Estábamos en la entrada de las letrinas; unos minutos después iba a dirigirme al *Revier* para reunirme con Kaminsky. Para conocer por fin al muerto cuyo lugar tal vez iba a ocupar. Y que, de ser así, a su vez él ocuparía el mío.

Allí estaba Nikolái, siempre impecable: botas relucientes a pesar de la nieve fangosa; pantalones de montar; gorra de oficial soviético. Poco antes yo había advertido su presencia en el grupo de jóvenes rusos que habían acudido a poner orden con una eficacia brutal.

Otto hace un gesto.

–Os dejo –dice.

Luego añade, dirigiéndose a Nikolái:

–*Raskolnik* no es la mejor traducción de *Bibelforscher.*

–No es tan mala, puesto que me has entendido.

Otto se aleja en la noche.

–¿Qué pasa? –pregunto a Nikolái–. Abrevia que tengo prisa.

–¿Una cita amorosa?

Ha conseguido hacerme reír.

–Tal vez –respondo–, desde cierto punto de vista.

Vuelven a mi memoria unos versos españoles. Versos de Antonio Machado sobre el asesinato de Lorca. La muerte como joven cortejada. O bien que nos corteja. Muerte cortesana, ¿por qué no?

–A propósito –me dice Nikolái–. Si tienes ganas de darle por el culo a un chico me lo dices.

–Alcohol, botas de cuero, putos: la casa tiene de todo.

Afirma con la cabeza.

–Cerveza, margarina, grabados obscenos, culos, lo que quieras –insiste.

Su mirada se hace seria, se endurece.

–También dinero. Por supuesto, divisas.

Dijo *valuta,* la palabra rusa adecuada. Que por otra parte es un germanismo.

–¿También dólares? Necesitáis dólares, los norteamericanos son los que van a ganar la guerra.

Suelta una palabrota, alude a alguien a cuya madre desea que la jodan. Me temo que se está refiriendo a mí. Decido no tomármelo como una ofensa.

Sonríe maliciosamente: sus dientes son blanquísimos, de animal carnicero.

–¡Precisamente dólares!

Con la mano derecha agarra el reverso de mi capote azul. El gesto puede interpretarse como una amenaza; o como un aviso.

–Queremos que des un mensaje al Acordeonista...

El paso de la primera persona del singular al «nosotros» es significativo: segundo mensaje. No está solo; son un grupo, una pandilla, una banda. En resumidas cuentas, un poder.

–Di lo que sea.

El Acordeonista es el acordeonista: en Buchenwald no hay más que uno. Al menos sólo uno que practique su arte, un francés. Corre de un bloque a otro antes del toque de queda. Sobre todo el domingo después del mediodía. Toca: pequeños recitales a cambio de un poco de pan, de sopa, de margarina. Muchos jefes de bloque lo aceptan: aquello sosiega a los deportados, endulza su desgracia. El acordeón es un sucedáneo gratuito del opio del pueblo.

Cuando aún estábamos en cuarentena, en el 62, Yves Darriet me presentó al Acordeonista.

–Precisamente es él quien tiene dólares escondidos –me dijo Nikolái–. Nosotros recuperamos su instrumento en la *Effektenkammer*. Si quiere seguir tocando, ponerse las botas con el acordeón, que nos pague la suma convenida. Que no intente tomarnos el pelo. Último aviso antes de que alguien le rompa los dedos uno a uno, uno cada día.

–¿Por qué yo?

–Por qué tú ¿qué?

Soy más concreto:

¿Por qué me has elegido...?

Me interrumpe.

–¡Te hemos elegido! Porque lo conoces desde la cuarentena, porque él sabe (nosotros también) que no tienes ningún interés en este asunto, que eres imparcial. Y además eres un *Prominent*, a Seifert le caes bien, lo sabemos, eso inspira confianza.

Podría sentirme halagado, pero no es así; aquello me fastidia.

Pero tal vez Kaminsky va a sacarme de allí, si tiene que hacer que desaparezca.

–No quiero que me metáis en un lío apestoso –le digo–. Dame dos días para contestarte.

–¿Qué son dos días?

–Dos días son cuarenta y ocho horas. Estamos a domingo, el martes te contesto. Hasta entonces, déjale en paz.

Sacude afirmativamente la cabeza, acepta.

–Hasta entonces no le perderemos de vista. Que no intente esconder sus dólares en otro sitio: no le quitaremos ojo.

Imagino que los dólares, si es que existen –pero sin duda sí existen–, están ocultos en el mismo instrumento, el acordeón, del que no se ha separado en todas sus cárceles y en todos sus viajes.

Pero éste no es un problema mío.

Nikolái se va, pero no tarda en volver.

–Tu señor profesor –dice– ya no abre los ojos.

–No –le replico–, pero ve. Ve con toda claridad sin abrir los ojos.

No me entiende, pero qué importa.

–Puedes llamar a tu *raskolnik* –me dice–, pero ni una palabra de eso.

Se pierde en la noche.

–¿Te has fijado en su gorra? –me pregunta Otto unos instantes después.

Ha vuelto a mi lado. Para mí es la hora de ir al *Revier*.

–¡Sí, una gorra del NKVD! Nikolái está muy orgulloso de llevarla. Una gorra de oficial de las unidades especiales de la policía...

–Así –me interrumpe Otto–, sin cambiar de gorra podría cambiar de situación: en lugar de ser deportado en un campo nazi podría ser guardián en un campo de concentración soviético.

Siento un frío glacial rodeándome los hombros.

–¿Qué quieres decir, Otto?

–Lo que digo: que hay campos de concentración en la URSS...

Me vuelvo hacia él.

–Ya sé... Hay escritores que han hablado de ellos... Gorki habló de ellos a propósito de la construcción del canal del Mar Blanco. Allí mandan a trabajar a presos comunes, a trabajar siendo útiles, en vez de pudrirse estúpidamente en la cárcel. Campos de reeducación por medio del trabajo...

Caigo en la cuenta de que acabo de pronunciar

una palabra fatídica del vocabulario nazi: *Umschulungslager*, campo de reeducación.

Otto sonríe.

–Eso es... *Umschulung*. ¡Es la manía de las dictaduras, la reeducación! Pero no quiero discutir contigo: estás decidido a no querer entenderme. Puedo presentarte a un deportado ruso, un tipo notable. Un *raskolnik* de veras, un «viejo creyente». Un testigo, no solamente de Cristo... Él te contará lo que pasa en Siberia.

–Ya conozco Siberia –le digo rabiosamente–. He leído a Tolstói, a Dostoievski...

–Eso eran los presidios zaristas. Mi *raskolnik* te hablará de los presidios soviéticos.

No puedo entretenerme ni un minuto más: Kaminsky se pondrá furioso si llego con retraso.

–Escucha –le digo–, tengo una cita importante, ahora mismo, en el *Revier*. El próximo domingo me cuentas todo eso.

Otto se va, levantándose el cuello del capote, hundiendo la cabeza entre los hombros, para protegerse del viento glacial.

El domingo siguiente me esperaba junto al jergón de Maurice Halbwachs.

–Bueno –le dije–, ¿cuándo puedo hablar con tu *raskolnik?*

Parece sentirse inquieto. Rehúye mi mirada.

–Él no quiere verte –me dice, después de una larga vacilación.

Espero que me diga algo más, pero tarda en darme explicaciones.

–No quiere hablar con un comunista –dice rápidamente.

Se esfuerza por sonreír.

–Ni siquiera con un joven comunista español, no hablará.

–¿A qué viene esa idiotez?

–Tú nunca vas a querer oír la verdad. Y además puedes hablar del asunto con tus compañeros alemanes, que aquí tienen derecho de vida y muerte. Cuando supo que trabajabas en la *Arbeitsstatistik* se negó en redondo.

Yo me sentía desconcertado, y también indignado.

–¿No le has dicho que se equivocaba? ¿No le has tranquilizado? ¿Qué es lo que le has dicho?

Sacude la cabeza y me pone una mano sobre el hombro.

–Que probablemente tú no le creerías. Pero que te lo ibas a guardar para ti, que no hablarías de eso con nadie.

Trato de vengarme.

–¡Menudo testigo tu *raskolnik!* No es que sea muy valiente...

–Había previsto tu reacción –me dice Otto–. Me ha rogado que te diga que no es cuestión de valentía. Pero que es inútil hablar con alguien que no quiere escuchar, ni siquiera oír. Llegará el día en que lo verás claro, él está seguro.

Estamos de pie, ahora silenciosos, apoyados en la litera de Maurice Halbwachs.

Es verdad que no hubiera querido oír al *raskolnik*,

que no hubiese querido escucharle. Para ser sincero del todo, creo que en cierto modo me sentí aliviado ante aquella negativa del viejo creyente. Su silencio me permitía permanecer en la comodidad de mi sordera voluntaria.

Segunda parte

Schön war die Zeit
da wir uns so geliebt...

[Feliz el tiempo
en que nos amamos tanto...]

Doy traspiés por la nieve del camino. Tal vez de sorpresa o de emoción.

En cualquier caso, no me faltan motivos.

La voz de Zarah Leander llega a mis oídos de improviso, mientras corro hacia el bosquecillo donde se encuentran los barracones del *Revier*. Cae sobre mí, cálida, avasalladora, oscura; me envuelve como la ternura de un brazo sobre el hombro, con la tibieza de un chal de suave seda.

Parece no dirigirse más que a mí, susurrando a mi oído palabras de amor –«feliz el tiempo en que nos amamos tanto»– de una trivialidad emocionante, de una vacuidad nostálgica universal.

En realidad, es el circuito de altavoces destinados

a transmitir de un modo alto y fuerte las órdenes de los SS lo que difunde por todo el campo la voz metálica de Zarah Leander. Se la puede oír en los dormitorios, en los comedores, en los cuchitriles de los jefes de bloque y de los kapos, en las oficinas de los kommandos interiores de mantenimiento, también en la plaza donde se pasa lista. En todas partes, hasta el último rincón de Buchenwald.

Excepto en el barracón de las letrinas del Campo Pequeño: el único edificio que no está conectado con el sistema de altavoces, que escapa al poder de los SS.

En lo alto, en el mirador que domina la entrada monumental del campo, el *Rapportführer* ha lanzado al aire esa voz turbia y turbadora, clamorosa, y que sin embargo sólo se dirige a nuestra intimidad, a nuestra soledad.

Recobro el equilibrio y, al mismo tiempo, la serenidad.

Cuando la voz me sorprendió, esa voz que me habla al oído mientras se derrama sobre toda la colina del Ettersberg, estaba llegando frente al bosquecillo que rodea los barracones de la enfermería, el *Revier*, que es como un gran cobertizo para múltiples usos: tanto sala de cine, *Kino*, si se da el caso, como lugar de reunión de los deportados elegidos para un traslado o una operación masiva, un castigo general o, por ejemplo, la vacunación.

Esta noche ando a grandes zancadas hacia la enfermería. Allí me espera Kaminsky; y también el muerto que se necesita.

–Espero que ese hijo de puta de sargento SS nos ponga a Zarah Leander como todos los domingos –había dicho hace un momento Sebastián Manglano.

En el comedor del bloque 40 el ensayo continuaba. Pero los dos nos habíamos apartado. Fumábamos una colilla de *machorka*. Una calada cada uno, con una puntillosa exigencia de igualdad. No se podían hacer trampas, lo que estaba en juego era demasiado importante. Aunque fuéramos compañeros para todo, cada uno de los dos vigilaba el avance del círculo de la brasa rojiza en el delgado cilindro del cigarrillo. Ni hablar de permitir al otro una chupada demasiado larga.

¡Ay, qué trabajo me cuesta
quererte como te quiero!

En el comedor siguen oyéndose las palabras de Lorca, pero ya no es Manglano quien las recita.

Por otra parte, no las recita nadie; se canta, esto es para cantar. El poema de Lorca está tan cerca de la 'copla' popular andaluza, por su ritmo interno, su frase musical latente, que resulta fácil dar de él una versión cantada.

Pero quien cantaba no era Manglano, sino Paquito, un deportado español jovencísimo.

Paquito había sido detenido en el sur de Francia en el curso de una redada del ejército alemán. Por yo no sé qué motivos –si es que alguna vez los he conocido–, sus padres le habían confiado a una especie de tío o de primo de más edad que trabajaba en un campamento de leñadores españoles del Ariège. Como este campamento servía de base y de cobertura a un destacamento de guerrilleros, el ejército y la *Feldgendarmerie* nazis montaron una operación de limpieza en la comarca.

En resumidas cuentas, a los dieciséis años Paquito estaba en Buchenwald.

Era un muchacho frágil y simpático. Se le había enchufado en la *Schneiderei*, el kommando de los sastres, que se encargaba de la compostura de nuestra ropa. Donde también se podía, si se era *Prominent* y se disponía de medios de pago –tabaco, margarina, alcohol–, hacerse las prendas a medida.

Salvado del hambre y de los riesgos mortíferos de ciertas tareas, Paquito se hizo célebre en el campo cuando los españoles empezamos a organizar espectáculos. Porque interpretaba los papeles femeninos. Mejor dicho, el papel femenino, el papel único de la mujer eterna, *das Ewigweibliche.*

Delgado, la cintura fina, maquillado y con peluca, vestido con una bata andaluza de volantes y lunares que se había confeccionado él mismo con retales de tela, dotado de una bonita voz todavía próxima a las ambigüedades infantiles, Paquito podía parecer lo que aparentaba.

Era la ilusión encarnada: la ilusión misma, avasalladora, de la feminidad.

En principio nuestros espectáculos sólo estaban destinados a la pequeña comunidad española, a la que podían dar el consuelo nostálgico de algo propio, de la memoria compartida. A menudo también había deportados franceses que asistían a ellos, por razones evidentes de proximidad cultural y política. Sobre todo franceses que procedían de las regiones fronterizas con España, la Occitania y Euskal Herría.

Pero las creaciones femeninas de Paquito no tardaron en conocerse y comentarse en círculos más amplios. Su celebridad se propagó en Buchenwald como un reguero de pólvora. Hubo domingos por la tarde en los que se hizo literalmente necesario no dejar entrar a parte del público, porque no cabía.

Como puede imaginarse, este éxito era equívoco. No era solamente la afición a la poesía y a la canción popular lo que lo provocaba. En los comedores de los bloques en los que solía actuar –o en las salas más espaciosas del *Revier* o del *Kino*, que obteníamos a veces de la administración interna– Paquito encendía en los ojos de los hombres destellos de locos deseos.

A los que les gustaban las mujeres se les veía proyectar en aquella imagen de muchacho andrógino su profundo dolor, su deseo insatisfecho, su sueño irrealizable. El acceso al burdel se limitaba a unos pocos centenares de presos alemanes, y millares de otros estábamos condenados al recuerdo y al onanismo, que la promiscuidad, la extenuación vital y la desesperanza hacían casi imposible a la plebe de Buchenwald; al menos difícil de llevar a término, hasta el espasmo.

Para practicar agradablemente el placer solitario se requería, desde luego, soledad. Había que disponer de algún cuchitril privado –como también, por otra parte, para el placer homosexual–, paraíso accesible solamente a los jefes de bloque y a algunos kapos.

Así, como en todos los demás dominios de la vida cotidiana, la sexualidad dependía en Buchenwald de las diferencias de clase.

O, mejor dicho, de casta.

Los que nunca se habían sentido atraídos por las mujeres, o habían perdido esta inclinación, aquellos a los que la tempestad de ese deseo ya no azotaba, después de vivir demasiados años en aquel universo opresivo, espeso, implacable, de la masculinidad, de la promiscuidad viril, miraban a Paquito con ojos extraviados, encandilados, dolientes, frotándose la bragueta, tratando de adivinar detrás de aquellos perifollos femeninos un cuerpo joven y ágil de muchacho que se mostraba a su fantasía.

A veces el ambiente se hacía tenso, casi dramático; la respiración colectiva silbante, el aire sofocante.

Paquito acabó por tener miedo, y decidió poner fin a aquellas representaciones.

Para su último espectáculo, el que estábamos preparando, permanecería inmóvil en la improvisada escena, sin movimientos de caderas ni revuelos de faldas, simplemente cantando *a cappella* unos poemas de Lorca.

Uno de ellos, el que estaba aprendiendo de memoria aquel domingo de diciembre en un extremo del comedor.

> ¡Ay, qué trabajo me cuesta
> quererte como te quiero!
> Por tu amor me duele el aire,
> el corazón
> y el sombrero.

Este poema ya nos encantaba en Madrid, en el efímero paraíso de los descubrimientos infantiles. Además del humor un poco surrealista del texto, el hecho de haber conocido a Lorca por haberle visto en mi casa –vino a cenar con otros invitados en el gran comedor de caoba y palisandro– contribuía al encanto de estos versos.

En casa de los Smith Semprún se los recitábamos a Moraima, una guapa prima, con objeto de hacerla reír declarándole un amor que no podía ofenderla.

Pero sobre todo lo que nos encantaba era el final del poema:

> ... y esta tristeza de hilo
> blanco, para hacer pañuelos...

Los últimos versos nos dejaban ensimismados, al borde mismo del misterio poético.

Años después seguía siendo verdad.

En el comedor del Flügel C del bloque 40 de

Buchenwald oía la voz melodiosa de Paquito cantar el poema de Lorca, y el mismo estremecimiento vital de años atrás se deslizaba en la opaca fatiga de vivir, la náusea provocada por el hambre permanente, haciendo habitable por un instante un alma cuyo cuerpo no aspiraba cobardemente más que al infinito reposo de la finitud.

–Espero que ese hijo de puta del domingo nos ponga los discos de Zarah Leander –exclamó Sebastián.

Me quedé sorprendido. ¿Por qué? ¿No estaba harto de aquella sempiterna musiquilla dominical?

Se encogió de hombros, luego me dijo tajantemente:

–La letra me importa un carajo... No entiendo nada... Pero la voz me pone caliente, me ayuda a meneármela.

Sebastián Manglano me recordaba a los chavales de Vallecas, hijos de proletarios o de parados que iban desde este barrio obrero de Madrid hasta los jardines del Retiro, para interrumpir nuestros partidos de fútbol entre hijos de la burguesía del barrio de Salamanca, bajo el cielo azul añil del soleado invierno. Como ellos, hablaba de las cuestiones de sexo con una brutal sencillez.

–El domingo por la tarde –me contaba– para mí es genial. Tú desapareces hasta el toque de queda, tienes reuniones, debates, el partido, tus compañeros, tu antiguo profe: perfecto. A mí el partido me la trae floja, al menos el bla bla bla. Que me digan lo que hay que hacer y en paz. Para eso no se necesitan muchos discursos, ¿no? ¿Te acuerdas de la canción del Komintern? «¡Pan y nada de discursos!» La perspectiva está bien clara. Ya ves que conozco algunas palabras de vuestro lenguaje. La perspectiva es fácil: hay que pelear. Y el enemigo, coño, ya se sabe: los fachas...

Tengo que interrumpir a Manglano por un segundo: «fachas» no es un anacronismo, aunque lo parezca. Aunque esta manera familiar de decir fascistas es, en efecto, muy posterior a la fecha de mi conversación con Manglano, no es un anacronismo. En español se dice 'fachas' por fascistas desde la guerra civil de 1936.

–El enemigo, coño –me decía Manglano–. Ya se sabe: los 'fachas'. En la cadena de montaje de la Gustloff, cuando el camarada alemán responsable me pide a espaldas de los *Meister* civiles y de los suboficiales alemanes SS que cometa un error en una pieza del fusil automático que fabricamos, no se necesitan largos discursos. Sé que ha ido a hablar con los ajustadores, los fresadores, a lo largo de la cadena sé que somos los mejores especialistas, que todos somos comunistas, y que cada uno de nosotros va a cometer en la pieza en la que trabaja un error milimétrico, y que el resultado, al final de la cadena, será que el fusil no va a tardar en quedar inutilizable... Yo encantado, estoy ahí para eso, me han colocado en un buen sitio, en la Gustloff, para eso... Pero hablaba de otra cosa: el domingo por la tarde es genial. Tú te vas, tengo todo el catre para mí solo... 'Después de la sopa de pasta, una siesta: la felicidad, macho. A tocarse la polla, ¡la gran paja!'

Ahí es donde intervenía Zarah Leander, mejor dicho, su voz. A Manglano le parecía excitante, facilitaba su gran paja.

Apurábamos nuestra colilla de *machorka* dando las últimas caladas, hasta quemarnos los labios. Le deseo buena suerte: que el sargento SS de servicio en la torre de control fuese el aficionado a las canciones de Zarah Leander; que su *Alejandro* esté en forma. Manglano había puesto este apodo a su órgano viril. Cuando le pregunté por qué me miró con lástima: 'Pero vamos: ¡Alejandro Magno!'. Manglano estaba infantilmente orgulloso del tamaño de su instrumento. Y era importante que éste estuviera en forma. Los periodos recurrentes de debilidad de *Alejandro* le ocasionaban en los últimos tiempos una angustia anticipada: una espera angustiada. Pero *Alejandro* siempre resucitaba de la nada de la impotencia, al menos hasta aquel domingo de diciembre.

De repente el altavoz del comedor escupe un sonido ronco. E inmediatamente después, pura, grave, emocionante, se oye la voz de Zarah Leander.

So stelle ich mir die Liebe vor,
ich bin nicht mehr allein...

[Así me imagino el amor,
ya no estaré sola jamás...]

–¡Adelante –le digo–, adelante, Sebastián! Ahora o nunca, es el momento de la gran paja.

Y en efecto, se precipita hacia el dormitorio, hacia la soledad dominical y deliciosa del catre, soltando una estruendosa carcajada.

–A las seis en el *Revier* –me había dicho Kaminsky.

Aquí estoy.

Los deportados se aglomeraban en la entrada del barracón de recepción y de consulta, arremolinándose en grupos, tratando de deslizarse hasta el interior. Se empujaban en todas las direcciones, gritaban en todas las lenguas. Aunque el alemán –reducido, eso sí, a palabras imperativas y a fórmulas de comodín– era el medio de comunicación, es decir, de mando, en Buchenwald, todo el mundo volvía a su lengua materna para expresar la cólera o la angustia, para proferir alguna imprecación.

Un servicio de orden de jóvenes enfermeros rusos, que empleaban más bien el aullido y las maneras violentas, canalizaba aquel tumulto y filtraba a los que acababan entrando.

En principio se rechazaba a los que no habían pensado o conseguido limpiar sus zapatones de la nieve fangosa que se pegaba forzosamente al calzado a poco que se anduviera al aire libre. El reglamento SS era estricto en este sentido: nadie entraba en los barracones sin llevar zapatos limpios.

En el *Revier* era especialmente importante hacer respetar esta norma. Era la única instalación interior del campo en la que los oficiales SS ejercían aún sistemática y cotidianamente su derecho de control y de inspección; o sea, su poder de represión. Demasiadas botas o zapatos embarrados en el interior de los barracones de la enfermería podían provocar represalias generales de consecuencias imprevisibles, pero forzosamente nefastas.

Los que no llevaban el calzado limpio eran, pues, devueltos al exterior, para que rascasen sus zapatos en las barras de hierro dispuestas para este fin, con objeto de desembarazarlos de la nieve y el fango que se adherían a ellos.

En segundo lugar, los jóvenes rusos del servicio de orden –rápidos y precisos como los vigilantes, tan buenos fisonomistas, de las boites, casinos y otros lugares de recreo privilegiados– rechazaban a todos aquellos a los que reconocían, porque iban demasiado a menudo a la consulta del *Revier*, con la esperanza de obtener un vale de *Schonung*, de exención de trabajo.

Con un gesto, un grito o un juramento –siempre el mismo, que fueran a joder a su madre en otro lugar–, en cuanto los reconocía los expulsaba de la pequeña multitud de los aspirantes como falsos enfermos reincidentes y peligrosos.

Sólo después empezaba la selección propiamente dicha.

Los jóvenes rusos volvían a convertirse en enfermeros y examinaban a los deportados que querían llegar hasta la consulta médica propiamente dicha.

Algunos, aunque fueran al *Revier* por primera vez y llevaran los zapatos limpios, doble condición para franquear la primera barrera, eran devueltos inmediatamente a sus bloques. No parecían lo suficientemente enfermos como para necesitar que se les eximiera del trabajo. Tenían marcas en la piel de un forúnculo mal curado; contusiones provocadas por los porrazos de los suboficiales SS o de un kapo enfurecido; los dedos magullados por una torpeza con el martillo o las tenazas en su puesto de trabajo, porque no eran obreros manuales sino, quién sabe, quizá profesores de universidad.

Eso no bastaba: su incapacidad provisional para el trabajo no era evidente.

Los jóvenes enfermeros rusos juzgaban por lo que podía verse, por las apariencias. No estaban allí para escuchar el profundo dolor de aquellos hombres desesperados. ¿Era imaginable que uno de aquellos jóvenes rusos cesara por un instante de golpear a ciegas a derecha y a izquierda para mantener un simulacro de orden, y prestara atención a sus peticiones, por otra parte tan difíciles de formular en aquellas condiciones de tumulto brutal?

Lo que tenían que decir a toda prisa, en la ruda y confusa jerga que era el idioma común, era a la vez demasiado vago y demasiado amplio. O sea, literalmente inescuchable. Mostraban sus dedos magullados o su axila aún purulenta de una forunculosis persistente, pero lo que les dolía era todo el cuerpo: era todo su cuerpo el que rechazaba el obstáculo de la vida, su dificultad, que ya no podía más, que pedía socorro. Uno o dos días de *Schonung*, de exención de trabajo, era para ellos como asomar la cabeza fuera del agua cuando uno se está ahogando. Una gran bocanada de aire, el paisaje con sol, una fuerza que se recuperaba para seguir luchando contra la corriente que nos arrastra. Un día de *Schonung* –aunque no supieran alemán, aunque no pudiesen saborear las connotaciones léxicas de la palabra– eran unas horas de sueño suplementario: una posibilidad más de vida. Porque la mayoría de los muertos de los campos de concentración –no hablo, por supuesto, de los campos de Polonia, con la selección y las cámaras de gas, programados sobre todo para el exterminio del pueblo judío–, la mayoría, pues, de estos muertos, las decenas de millares de muertos políticos, resistentes de todos los países de Europa, guerrilleros de todos los bosques y todas las montañas, no murieron víctimas de palizas, ejecuciones sumarias o torturas; la mayoría murieron de extenuación, de imposibilidad súbita de superar una creciente fatiga de vivir, muertos de abatimiento, a causa de la lenta destrucción de todas sus reservas de energía y de esperanza.

Me acerqué a la puerta del *Revier* con la esperanza de distinguir la silueta de Kaminsky detrás de la barrera que formaban los enfermeros rusos. No tenía ningunas ganas de discutir con ellos para que me dejasen entrar en el barracón de acogida.

Desde luego, Kaminsky estaba allí.

Me vio, me señaló con un gesto mientras le hablaba a uno de los jóvenes rusos.

El ruso aparta a los que se apiñan y me separan de él, y ordena a gritos que me dejen pasar. Entonces los deportados se apartan y yo entro. De pronto veo su mirada fija en mi número de matrícula y en la ese que lo corona. En voz baja, cuando paso a su lado, el joven enfermero me dice en alemán: *«Der Akkordeonspieler ist da drinnen!»*. Con un movimiento de cabeza me indica el interior del barracón. El Acordeonista está aquí dentro.

¿El Acordeonista? Si conoce esta historia es que forma parte de la banda de Nikolái.

Sea como fuere, estoy junto a Kaminsky cuando oigo que alguien me llama.

–¡Gérard, Gérard! –dice la voz.

Vuelvo la cabeza.

En la primera fila de los deportados que se apretujan para entrar en el barracón de la consulta hay un francés. Si me llama Gérard es posible que sea un camarada del Partido. Pero no es un camarada del Partido, conozco todas sus caras. Al menos las caras de todos aquellos que pueden dirigirse a mí llamándome Gérard, que conocen este falso nombre de la

Resistencia. Pero también puede ser alguien que me conoce precisamente de la Resistencia, aunque no sea del Partido. ¿De Joigny? ¿Del maquis del Tabou? ¿De la cárcel de Auxerre? Al principio no le reconozco, pero poco a poco voy recordando su imagen: le conozco más bien de la cárcel de Auxerre. Eso es, Olivier, el Olivier alto y delgado de la cárcel de Auxerre, al que cogieron en el asunto de los hermanos Horteur.

Me acerco, Kaminsky se pone nervioso, pero no dice nada, me deja hacer.

–¡Olivier! –digo.

Se estremece de alegría, se le ilumina la cara. Una cara de color terroso, envejecida, deteriorada, en la que la vida ha dejado profundos surcos. Porque es la vida, esta vida, nuestra vida, la que trabaja para la muerte.

–¿Me has reconocido? –exclama.

No, no le he reconocido. Además, no es reconocible. Giro a su alrededor, le estudio, le reconstruyo. Olivier Pretté, mecánico en un garaje de Villeneuve-sur-Yonne, del grupo de los hermanos Horteur. Yo estaba en Auxerre, en la cárcel de Auxerre, cuando fusilaron a uno de los hermanos Horteur. Toda la sección alemana de la cárcel de Auxerre gritaba consignas antifascistas y patrióticas, cantaba *La marsellesa*, para decir adiós al menor de los hermanos Horteur: un alboroto indescriptible, gritos, cantos, el ruido de las escudillas golpeando los barrotes de las rejas.

No, no le he reconocido. Pero no puedo decirle que está irreconocible.

–Claro que sí –le digo–. Olivier Cretté, mecánico de coches.

El hombre se hubiera echado a llorar. Por supuesto, de alegría. La alegría de no estar ya solo.

Me dirijo a Kaminsky. Aquí, mi camarada, *Reichsdeutscher*, alemán del Reich, con su brazalete de *Lagerschutz*, es la autoridad, la encarnación del poder. Me dirijo a él en español.

–'Aquel francés' –le digo–, 'que entre. Le conozco: resistente.'

–¿'Aquel viejito'?

Sí, aquel viejito, Olivier Cretté, mecánico de coches, tendrá como mucho treinta años.

Kaminsky da unas órdenes breves. En ruso, para ganar tiempo. Además repite varias veces la palabra *bistro*. El joven ruso, que indudablemente forma parte de la banda de Nikolái, hace que Olivier cruce la última barrera que le separa de la consulta médica.

–¡Gracias, amigo! –me dice.

Mira atentamente mi número, la letra de identificación nacional.

–¿Eres español? No lo sabía... En cualquier caso, eres un pez gordo.

Sacude la cabeza.

–Pues te diré que no me extraña.

Es enigmático. Pero no tengo tiempo de hacer averiguaciones. Ni tampoco ganas. Kaminsky se impacienta.

–¿Qué te pasa? –le pregunto.

–La cagalera –me dice–. Siempre estoy lleno de mierda. No puedo más.

–¿Dónde trabajas?

–Hago trabajillos por ahí. Lo que me piden o lo que necesitan los kapos, por la mañana, en la plaza de pasar lista.

–¿No eres mecánico?

–Sí. Pero ¿eso a quién le importa?

–A mí –respondo.

Abre mucho los ojos.

–Ahora pasa la consulta, y luego vas a verme a la *Arbeit*. Yo trabajo allí. Cualquier día, poco antes o después de la lista de la noche.

–¿Pregunto por Gérard?

–Si hablas con un francés pregunta por Gérard, si no es francés di solamente el español. De todas formas es muy sencillo, yo estoy allí y ya me verás.

Pero Kaminsky ya estaba harto. Cogió por el brazo a Olivier y le llevó hasta la consulta. Para hacer las cosas del todo bien, puso a Olivier en la fila que esperaba a un médico deportado francés que aquel día estaba de guardia. De este modo podría explicarse con él.

Kaminsky empieza por llevarme hasta el kapo de la enfermería, Ernst Busse, un comunista alemán. Uno de los comunistas más veteranos de Buchenwald, según yo había creído entender.

Cabello a rape, robusto, la mandíbula cuadrada, Busse desde luego no era un alfeñique. Yo ya le había visto en la *Arbeit*, cuando iba a visitar a Seifert. Su mirada era inolvidable: de una frialdad decidida, desesperada, y una intensidad glacial.

No puede perder el tiempo con cumplidos.

–Van a ponerte en la sala de los desahuciados –me dice–. Al lado de tu futuro cadáver.

Esboza un gesto como para excusarse de haberlo dicho así. Pero he comprendido, él ve que le he entendido y sigue hablando.

–Por cierto, tú has nacido de pie. *Mit der Glückshaube bist du geboren!*

Compruebo que la expresión alemana es idéntica a la francesa, pero sigo creyendo que la española, «con la flor en el culo», para aludir a la buena suerte es más divertida. Yo no sabía que hubiera frases hechas francesas que hablaran del culo. Que trataran del culo. En el mismo Buchenwald, fue Fernand Barizon, un compañero comunista, metalúrgico, que había estado en las Brigadas Internacionales, quien me hizo conocer estas expresiones francesas. Más tarde, mucho más tarde, fue una mujer, una mujer muy bella –la única a la que he conocido que hablase aún con naturalidad, sin afectación, el francés popular de París, un idioma inventivo, lleno de humor y de hallazgos de lenguaje–, la que empleó en mi presencia esas frases hechas que aluden a la buena suerte: «Tienes el culo rodeado de medallas», o, aún más rara, también más vulgar: «el culo rodeado de fideos».

Pero en el despacho de Busse, en el *Revier* de Buchenwald, no tenía ni el tiempo ni la posibilidad de abandonarme a esas divagaciones de lingüística comparada.

Busse sigue diciendo:

–El joven francés no pasará de esta noche. Mañana por la mañana tendremos tiempo, según sean las noticias de Berlín, de registrar la muerte a su nombre o al tuyo...

Todo eso ya lo sé, Kaminsky me lo había dicho. Pero sin duda Ernst Busse quiere insistir en el papel que él desempeña en el asunto.

–Esta noche el único problema que podemos tener –añade– es que los SS se den una vuelta por el *Revier*. Celebran el cumpleaños de uno de sus médicos. Van a emborracharse como cubas. En esos casos a veces improvisan visitas de inspección, a la hora que sea... Les divierte joder a todo el mundo. Si eso llega a pasar, te pondremos una inyección. No te preocupes, te dará una fiebre de caballo, pero nada más. Mañana no estarás fresco como una rosa, pero seguirás vivo.

Me mira.

–La verdad es que no estás gordo, pero no tienes pinta de moribundo, ni mucho menos. Es mejor que si llega el caso delires un poco. Si vienen les diremos que lo tuyo podría ser una enfermedad infecciosa. Tienen horror a las enfermedades infecciosas.

Eso es todo, hace un ademán de despedida. Kaminsky me obliga a salir del despacho y me acompaña hasta los pasillos del *Revier*.

–El viejo francés que acabas de presentarme –me dice de pronto– es un caso perdido. Le queda poca vida.

No dudo de que sea verdad, pero me cabrea que me lo diga.

–En primer lugar, no es viejo. Y además, nunca se sabe...

Kaminsky se encoge de hombros.

–Claro que se sabe, demasiado se sabe. ¿No le has visto la mirada? Está a punto de abandonar.

En efecto, la mirada.

Por la mirada uno se da cuenta del cambio súbito, del abandono, cuando el sufrimiento llega a un punto del que ya no hay regreso. Por la mirada bruscamente apagada, átona, indiferente. Cuando la mirada ya no indica –aunque sea de una forma dolorosa, angustiada– una presencia. Cuando ya no es más que un signo de ausencia, de sí mismo y del mundo. Entonces, en efecto, se comprende que el hombre está abandonándose, perdiendo pie, como si ya no tuviera sentido obstinarse en vivir; entonces puede entenderse por la ausencia en qué consiste la mirada. Que tal vez se había conocido vivaz, curiosa, colérica, risueña, puede advertirse que el hombre, desconocido, anónimo o camarada, cuya historia personal se conoce, está sucumbiendo al vértigo de la nada, a la fascinación irresistible de la Gorgona.

–Caso perdido –repite Kaminsky.

Me cabrea que me diga esto. Seguro que tiene razón, pero me cabrea.

–Para mí no –le digo de mal humor.

Se para y me mira fijamente con el ceño fruncido.

–¿Qué quieres decir?

–Quiero decir lo que digo –respondo–. Que para mí no es inútil ayudarle, aunque sea de esa forma tan mínima y anodina.

–Te sientes mejor, ¿es eso? Incluso más bueno.

–No es eso, pero, aunque lo fuera, ¿está prohibido?

–No está prohibido, pero es inútil. Es un lujo pequeñoburgués.

No dice «*Kleinbürgerlich*»; dice algo peor: «*Spiessbürgerlich*», lo cual agrava las connotaciones de mezquindad, de estrechez mental, de egoísmo, que suelen atribuirse al adjetivo «pequeñoburgués».

Ya sé lo que quiere decir, hemos discutido ese tema muchas veces. Para él, complacerse en tener un gesto, aunque sea para hacer algo bueno, es irrisorio, no cuenta. Aquí si se tiene una moral no es la de la compasión, y menos que nunca una moral individual. Es la de la solidaridad. Por supuesto, una solidaridad de resistencia. Una moral de resistencia colectiva. Por supuesto, provisional, pero obligada. No aplicable en otras circunstancias históricas, pero necesaria en Buchenwald.

–Desde que estás aquí –le pregunto– ¿no has compartido nunca tu pedazo de pan con un camarada para el que ya era demasiado tarde? ¿Nunca has hecho un gesto inútil desde el punto de vista de la supervivencia del otro?

Se encoge de hombros. ¡Claro que le habían pasado cosas así!

–Era otra época... Eran los «triángulos verdes», los criminales, quienes mandaban, nosotros no teníamos las estructuras de resistencia de ahora. La acción individual, el ejemplo individual eran decisivos.

Le interrumpo.

–Las estructuras de las que hablas son clandestinas. Su efecto, por importante que sea, no siempre es visible. La mayoría de los deportados lo ignoran o lo interpretan mal. En cambio, lo que es visible es vuestra situación particular, vuestros privilegios de *Prominenten*. Una buena acción inútil de vez en cuando no hace ningún daño.

Pero parece que hemos llegado al final de nuestro recorrido por los pasillos del *Revier*. Me señala una puerta.

–Es aquí, te están esperando.

Me aprieta el brazo.

–La noche será larga entre todos esos moribundos y esos cadáveres. Además, prepárate para el pestazo, eso apesta a mierda y a muerte. ¿En qué pensarás para distraerte?

En el fondo no es una pregunta. Es una manera de decir hasta luego. Entro en la sala del *Revier* en la que me esperan.

Me hicieron dejar la ropa en una especie de guardarropa, y me dieron una especie de camisa sin cuello, estrecha, de tela rugosa, demasiado corta para ocultar mis vergüenzas, como diría si escribiera en español.

Me habían obligado a tenderme al lado del moribundo cuyo lugar iba a ocupar si era necesario.

Yo viviría con su nombre, él moriría con el mío. En resumidas cuentas, él me iba a dar su muerte para que yo pudiese seguir viviendo. Intercambiaríamos nuestros nombres, lo cual no es poco. Con mi nombre él se convertirá en humo; con el suyo yo sobreviviré, si es posible.

Siento frío en la espalda, aunque también podría hacerme reír –con una risa rechinante y loca– saber qué nombre voy a llevar en el caso de que la petición de Berlín sea verdaderamente preocupante.

Apenas tendido en el catre, en efecto, al lado del muerto que necesitamos, como decía Kaminsky aquella mañana –que por otra parte resultaba que sólo era un moribundo–, quise ver su cara. Una curiosidad comprensible, muy natural.

Pero me volvía la espalda, una espalda desnuda y enflaquecida –probablemente quitaban las camisas de áspera tela a los que ya estaban más allá de la vida–, un esqueleto recubierto de una piel gris y arrugada, con los muslos y las nalgas cubiertos de una costra color humo, debido al líquido fecal ya reseco, que seguía apestando.

Lentamente, giré a medias su torso para verle la cara.

Debía haber esperado aquello.

«Tu edad, unas semanas más o menos», había

dicho Kaminsky aquella mañana al hablarme del muerto que habían encontrado y que yo tanto iba a necesitar. «Una suerte inaudita, un estudiante como tú, y además parisiense.»

Debía haber caído en ello. Era demasiado hermoso para ser verosímil, pero era verdad.

Estoy tendido al lado del joven «musulmán» francés que desde hacía dos domingos había desaparecido del barracón de las letrinas colectivas donde le conocí. Estaba tendido junto a François L.

Había acabado por saber su nombre. Él me lo dijo. Y eso era lo que hacía que me rechinaran los dientes, con una risa horrorizada. Porque François, que llegó a Buchenwald en el mismo tren de Compiègne que yo, a quien matricularon en el campo a pocos números de distancia del mío, era el hijo –rebelde y repudiado, desde luego, pero el hijo– de uno de los jefes más activos y siniestros de la Milicia francesa.

Si llegaba el caso, para sobrevivir yo iba a llevar el apellido de un miliciano pronazi.

Hice girar su cuerpo para quedar enfrentados, para poder ver su cara.

No sólo para dejar de ver aquella mierda líquida, ahora ya reseca con la que se había ensuciado. También para descubrir en él las posibles vibraciones de la vida, si aún puede llamarse así aquel jadeo casi imperceptible, el latido irregular de la sangre, aquellos movimientos espasmódicos.

Para oír sus últimas palabras, si decía unas últimas palabras.

Tendido a su lado, estaba pendiente de los últimos signos de vida que pudiera haber en su rostro.

En *La esperanza,* de Malraux, que yo llevaba para releer algunas páginas, las últimas semanas antes de mi detención, había un episodio que me impresionó.

Alcanzado por un caza franquista, un avión de la escuadrilla internacional que André Malraux había organizado y de la que tenía el mando, vuelve incendiado a la base. Consigue aterrizar envuelto en llamas. Retiran heridos y muertos de los restos del aparato. Entre estos últimos está el cadáver de Marcelino. Como «le había matado una bala en la nuca, apenas se veía sangre», escribe Malraux. «A pesar de la fijeza trágica de los ojos que nadie había cerrado, a pesar de aquella luz siniestra, la expresión era hermosa.»

El cadáver de Marcelino está tendido sobre una mesa del bar del aeródromo. Al contemplarle, una de las camareras españolas dice: «Al menos falta una hora para que se le empiece a ver el alma». Y Malraux concluye un poco más lejos: «Sólo una hora después de la muerte, de la cara de los hombres empieza a surgir su verdadero rostro».

Yo miraba a François L. y pensaba en aquella página de *La esperanza.*

Estaba seguro de que su alma ya le había abandonado. Su verdadero rostro estaba ya deshecho, destruido: nunca más surgiría de aquella expresión aterradora. Que no era trágica, sino obscena. Ninguna serenidad iba a poder nunca suavizar los rasgos crispados, descompuestos, de la cara de François. Ya no podía concebirse ningún reposo en aquella mirada atónita, indignada, llena de una cólera inútil. François no había muerto, pero estaba ya abandonado.

¿Por quién, señor? ¿Era su alma la que había abandonado aquel cuerpo martirizado, manchado, los frágiles huesos quebradizos como la leña seca, que no tardarían en arder en un horno crematorio? Pero ¿quién había abandonado aquella alma orgullosa y noble, ávida de justicia?

Cuando la Gestapo lo detuvo, me había contado François, y lo identificó, los policías alemanes preguntaron a su padre, aliado fiel, eficaz colaborador en el trabajo de represión, qué quería que hiciesen con él. ¿Había que hacer una excepción? Estaban dispuestos a hacerla.

«Que le traten como a los demás, como a cualquier otro enemigo, sin ninguna compasión especial», respondió el padre de François.

Éste era un catedrático de Letras, entusiasta de la cultura clásica y de la bella prosa francesa. «¡Hay que ver lo que la perfección de la prosa atrae a los hombres de derechas!», decía riendo François cuando conversábamos en el barracón de las letrinas colectivas. Nuestra única e interminable conversación. Aquel día me habló de Jacques Chardonne, de su presencia, dos años atrás, en un congreso de escritores que se celebró en Weimar precisamente, bajo la presidencia de Joseph Goebbels.

–¿No has leído lo que ha publicado Chardonne

en *La Nouvelle Revue Française*? –me preguntó François.

No, no lo había leído, o en cualquier caso no lo recordaba.

Maurrasiano, antisemita ilustrado –quiero decir, para entendernos, citando a Voltaire más que a Céline cuando denunciaba la «malignidad de los judíos, desarraigados por esencia», «incapaces de emoción patriótica y consagrados al culto del Becerro de Oro», éstas eran las fórmulas estereotipadas–, el padre de François se había visto empujado por la derrota de 1940 a un activismo pronazi que se alimentaba de un desconcierto desesperado, de un nihilismo antiburgués.

De hombre de cultura, se convirtió en hombre de guerra con pasión. Ya que había que luchar, mejor hacerlo en primera línea, con las armas en las manos en la Milicia de Darnand.

–Que le traten como a los demás, como a cualquier otro enemigo –dijo su padre a los tipos de la Gestapo.

Probablemente creía incorporarse así a la tradición moral de los estoicos.

Los policías nazis interrogaron, pues, a François como a los demás, como a todos los demás: sin compasión.

Yo miraba a François L., pensaba que no vería aparecer su alma, su verdadero rostro. Ya era demasiado tarde. Empezaba a comprender que la muerte de los campos de concentración, la muerte de los deportados, era singular. No era como cualquier otra muerte, como todas las muertes, violentas o naturales, el signo desolador o consolador de una finitud ineludible: no se daba en el curso de la vida, en el movimiento de ésta, para cerrar una vida. En cierto modo, en todas las demás muertes este fin podía hacer surgir la apariencia del reposo, de la serenidad en el rostro del que se iba.

La muerte de los deportados no abría la posibilidad de ver aflorar el alma, de ver surgir el verdadero rostro bajo la máscara social de la vida que uno se ha hecho y que nos deshace. Ya no era la respuesta de la especie humana al problema del destino individual: respuesta angustiada o escandalosa para cada uno de los hombres, pero comprensible para la comunidad de los hombres en su conjunto, precisamente por el hecho de pertenecer a la especie. Porque la conciencia de su finitud es inherente a la especie, en la medida en que es humana, en que se distingue por ello de toda especie animal. Porque la conciencia de esta finitud la constituye en tanto que especie humana. ¿Es posible imaginar el horror de una humanidad privada de su esencial finitud, condenada a la angustia presuntuosa de la inmortalidad?

La muerte de los deportados –la de François en aquel momento, ante mis ojos, al alcance de mi mano– abría por el contrario una interrogación infinita. Aunque casi adoptaba la forma de una muerte natural, por agotamiento de las energías vitales, era escandalosamente singular: ponía radicalmente en cuestión todo saber y toda sabiduría con respecto a ella.

Basta con mirar, todavía hoy, tantos años después, medio siglo más tarde, las fotografías que dan testimonio de ello, para comprobar hasta qué punto el interrogante absoluto, frenético, de esta muerte ha quedado para siempre sin respuesta.

Yo miraba el rostro de François L. en el que no vería aparecer el alma una hora después de su muerte. Ni una hora después ni nunca. El alma –es decir, la curiosidad, el gusto por los riesgos de la vida, la generosidad del ser-con, del ser-para, la capacidad de ser-otro, en resumen, de ser-por-delante-de-uno-mismo por el deseo y el proyecto, pero también de perdurar en la memoria, en el arraigo, la pertenencia; el alma, en una palabra sin duda fácil, demasiado cómoda, y no obstante clara–, el alma ya había abandonado desde hacía mucho el cuerpo de François, había desertado de su rostro, vaciado su mirada al ausentarse.

Der Wind hat mir ein Lied erzählt...

[El viento me ha contado una canción...]

De nuevo la voz de Zarah Leander. Su voz ronca, oscura, sensual.

A primera hora de la tarde, después de la lista del domingo, un momento antes había invadido de pronto, como el murmullo del agua de un arroyo, el espacio del comedor del ala C del bloque 40.

«Invadir» quizá no sea el verbo más adecuado: demasiado brusco. La voz había sitiado, más bien impregnado, saturado el espacio. Todo el mundo guardó silencio para dejar que aquella voz se instalara en nuestras vidas, se adueñara de nuestras memorias.

Aquí está otra vez.

Der Wind hat mir ein Lied erzählt
von einem Glück unsagbar schön...

[El viento me ha contado una canción
de una dicha indeciblemente bella...]

No eran las mismas palabras que un momento antes. Pero era la misma canción, el mismo amor, la misma tristeza: la vida. La verdadera vida de fuera, de antes: esa levedad, esa futilidad desoladora y preciosa que había sido la vida.

Unos minutos antes Sebastián Manglano se había precipitado hacia el dormitorio, hacia la soledad dominical y deliciosa de la gran masturbación: 'la gran paja'.

Anticipadamente había estallado en risas.

Por ahora, lo confieso, la voz de Zarah Leander no hace que se me empine. Sin duda cuento con circunstancias atenuantes.

Me pregunto, mientras me dejo sumergir por esa voz suntuosa, suave y sedosa, cuál sería la reacción de Sebastián Manglano en aquella misma situación.

Por la mañana, al despertarnos, me solía poner al corriente de los avatares de su '*Alejandro Magno*'. Eso pasaba en los lavabos, donde hacíamos las abluciones matinales.

Por disciplina de supervivencia, teníamos por costumbre levantarnos al primer toque de silbato e ir corriendo hacia los lavabos, desnudos de cintura para arriba, descalzos, antes de que se produjera el tumulto del despertar general de los deportados. El agua estaba helada, el sucedáneo de jabón no garantizaba un aseo eficaz, pero era un rito que había que respetar en todos sus puntos. Había que frotarse con agua fría y jabón arenoso la cara y el cuerpo, los sobacos, las vergüenzas y los pies. Larga, vigorosamente, hasta que la piel se viese limpia de los mugrientos olores de la noche, de la promiscuidad, hasta que enrojeciera.

Dejar de hacer todo aquello cada mañana, sin reflexionar, como autómatas, hubiese sido el comienzo del fin, el principio del abandono, el primer indicio de una derrota anunciada.

Si se veía que un compañero dejaba de hacer su aseo matinal, y que además su mirada se apagaba, había que intervenir enseguida. Hablarle, hacerle hablar, hacer que se interesase de nuevo por el mundo, por sí mismo. El desinterés, el desapego, la desgana respecto a cierta idea de sí mismo, era el primer paso en el camino del abandono.

Cuando yo estaba solo, cuando Manglano, mi compañero de catre, formaba parte del turno de noche en la cadena de la Gustloff, me precipitaba a los lavabos apenas sonaba el silbato y se oía el primer berrido del *Stubendienst* en los dormitorios.

Aquellos días me recitaba poemas en francés. El de Rimbaud –«A las cuatro de la madrugada en verano / el sueño de amor aún dura...»– era mi preferido, por mi inveterada afición a la ironía.

Evidentemente no tengo ni idea de lo que Manglano hacía cuando estaba solo y yo en el turno de noche de la *Arbeit*. Pero cuando nos despertábamos juntos porque nuestros horarios de trabajo coincidían, corríamos a la vez hacia los lavabos. Aquellos días recitábamos a voz en grito poemas españoles de la guerra civil: Rafael Alberti, César Vallejo, Miguel Hernández. Era eficaz para empezar una nueva jornada de hambre y de agonía. También de cólera: la cólera caliente.

Regularmente, pues, Manglano me tenía al corriente del estado de su *Alejandro*. Los días en que me confiaba que había tenido sueños eróticos extremadamente detallados, que se la habían puesto dura, yo le tomaba el pelo diciéndole que no había notado nada, a pesar de la estrecha promiscuidad del catre. Se indignaba, porque no toleraba que se pusiese en duda su masculinidad triunfante. «La próxima vez que se me ponga tiesa», decía, 'te despierto y me la chupas'.

–'Ni soñarlo, no te caerá esa breva.'

De este modo los dos tratábamos de empezar el día de la manera más animosa posible.

Der Wind hat mir ein Lied erzählt
von einem Herzen, das mir fehlt...

[El viento me ha contado una canción
de un corazón que me falta...]

Yo escuchaba la voz de Zarah Leander, me dejaba adormecer por ella.

Tendido al lado de François L., me disponía a sobrevivir a aquella noche, que podía ser la de mi muerte. Quiero decir de mi muerte oficial, administrativa, que significase la desaparición de mi nombre.

Desde luego, desaparición provisional. No dejaba de ser inquietante pensar en la resurrección, en el retorno a mi propia identidad, después de haber usurpado la de François.

Cuando no éramos más que dos en una litera –en el Campo Pequeño, en los barracones para moribundos, inválidos y «musulmanes», a veces eran tres o cuatro para el único espacio del catre–, solíamos ponernos en posiciones invertidas. De este modo los cuerpos se adaptaban mejor el uno al otro, se ganaba espacio.

Pero en el *Revier* me tendí con la cabeza junto a la de François, para poder verle la cara. Para poder descubrir en su rostro los signos de la vida y los de la muerte.

Había llegado a Buchenwald en el mismo convoy de Compiègne que yo. Tal vez en el mismo vagón, no era imposible. En cualquier caso, la historia de ese viaje, que me había contado, se parecía a la mía. Lo cual verdaderamente no era de extrañar, todas nuestras historias se parecían. Todos habíamos hecho el mismo viaje.

Me dijo que en el tren él era el único de su grupo.

La mayor parte de sus camaradas habían sido fusilados. Uno de ellos, su amigo más íntimo, murió a consecuencia de las torturas. En Compiègne estaba solo. Solo también en el tren de Weimar. Los rumores del último día, en el campo de Royallieu, le habían susurrado que tenía suerte: nuestro lugar de destino era un lugar entre bosques, muy sano.

Además, su nombre ya lo indicaba: Buchenwald, «hayedo».

«Si lo aguanto», me había dicho en el barracón de las letrinas, «si consigo salir de ésta, te aseguro que voy a escribir algo sobre estas cosas.» «Desde hace algún tiempo», añadió, «es una idea, un proyecto de escribir que parece darme fuerzas. Pero si algún día escribo, en mi relato no estaré solo, inventaré un compañero de viaje. Alguien con quien hablar después de tantas semanas de silencio y de soledad. Incomunicado o en la sala de los interrogatorios: ésta ha sido mi vida durante los últimos meses.»

«Si salgo de aquí y escribo, aparecerás en mi historia», decía. «¿Estás conforme?» «¡Pero si no sabes nada de mí!» le respondí. «¿De qué te voy a servir en tu historia?» Sabía lo suficiente, afirmaba, para hacer de mí un personaje de ficción. «Porque te convertirás en un personaje de ficción, amigo mío, aunque no invente nada.»

Quince años después, en Madrid, en un piso clandestino, seguí su consejo y empecé a escribir *El largo viaje*. Inventé al chico de Semur para que me hiciera compañía en el vagón. En la ficción hicimos aquel viaje juntos para borrar mi soledad en la vida real. ¿Para qué escribir libros si no se inventa la verdad? ¿O, mejor dicho, la verosimilitud?

En cualquier caso, François y yo llegamos juntos a Buchenwald.

Juntos entre todos aquellos que el azar reunió en la sala de las duchas, sufrimos las pruebas iniciáticas de la desinfección, el corte de pelo, el reparto de ropas.

Después de ponernos a toda prisa los pingos que acababan de tirarnos a la cara a lo largo del mostrador de la *Effektenkammer*, estuvimos muy cerca el uno del otro, como lo demostraban nuestros números de matrícula, ante los presos alemanes que escribían nuestras fichas personales.

A François, en el barracón de las letrinas del Campo Pequeño, aquel domingo de diciembre en el que los americanos resistían desesperadamente en las ruinas de Bastogne, le gustó mucho mi discusión con el veterano comunista alemán –que quedó en el anonimato, desconocido– que no quería inscribirme como estudiante de filosofía, *Philosophiestudent*. «Aquí esto no es una profesión», me dijo. «*Kein Beruf*.» Yo, desde lo alto de mi arrogancia imbécil de los veinte años, desde lo alto de mi conocimiento de la lengua alemana, le solté: «*Kein Beruf aber eine Berufung*», «no es una profesión, sino una vocación». Harto ya, le dije a François, viendo que yo no quería comprender nada, el preso alemán me despidió con un ademán de irritación. Y sin duda tecleó en su vieja máquina de escribir *Philosophiestudent*.

A François le gustó la anécdota.

Él también había contestado *Student* a la pregunta de ritual sobre la profesión u oficio. Estudiante sin más, sin precisar otra cosa acerca de sus estudios. «¡Latinista!», exclamó François. «¿Te imaginas la cara que hubiera puesto el mío si le hubiera contestado "latinista"?»

El preso alemán que hacía la ficha de François le había mirado, se había encogido de hombros, pero no había hecho ningún comentario, no había intentado convencerle de que pusiera otra cosa.

Er weiss was meinem Herzen fehlt,
Für wen es schlägt und glüht...

[Sabe qué le falta a mi corazón,
por quién late y arde...]

François está inmóvil, con los ojos cerrados, ¿vive aún? Acerco mi boca a la suya, hasta rozarla. Aún está vivo, sí: un soplo tibio, casi imperceptible, sale de sus labios.

Durante la cuarentena fuimos vecinos: a él se le destinó al bloque 61, a mí al 62.

Pero su historia se torció enseguida, la mala suerte se encarnizó con él.

Primero, el grupo de resistentes gaullistas que le había descubierto y adoptado en los primeros días de la cuarentena –«¡por primera vez desde que me detuvieron no estaba solo!», me decía aún emocionado– fue objeto de un traslado al poco tiempo. François habló con el jefe de bloque del 61 para pedirle que le inscribiera en la lista del traslado junto con sus camaradas. «¡Estás loco!», exclamó el otro. «No sabes lo que dices. Los envían a Dora. ¡La suerte que tienes de no ir con ellos!»

¿Dora? Este nombre de mujer no decía nada a

François, claro. El alemán se lo explicó en pocas palabras. Dora era una fábrica subterránea en construcción en la que los nazis empezaban a producir armas secretas. Bajó la voz para decirle lo que eran esas armas. *Raketen!* François al principio no le entendió. *Raketen?* Tuvo que hacer un esfuerzo de memoria, rebuscar en su mente hasta dar con el significado de la palabra. ¡Cohetes! ¡Era el campo exterior más terrible, el más mortífero de Buchenwald! Los SS habían confiado la administración del campo, el poder interno, a los Verdes, los criminales y presos comunes. El ritmo de trabajo era aterrador, las palizas constantes. Excavaban un túnel en medio de una polvareda que atacaba los pulmones. En comparación, Buchenwald era un sanatorio.

Sin embargo, François insistió en figurar en la lista de los trasladados. Por grande que fuera el horror de Dora, allí no estaría solo: había vuelto a encontrar un grupo de verdaderos resistentes, una posibilidad de comunicarse, palabras comunes, sueños que compartir.

El jefe de bloque del 61 miraba a François, su apariencia frágil de adolescente burgués. Sacudió la cabeza negativamente. «Escucha», le dijo, ofreciéndole la mitad de un cigarrillo, «tú hablas alemán, además bastante bien, encontrarás trabajo aquí, en una de las oficinas. Ahora que cada vez hay más deportados que no son alemanes, necesitamos extranjeros que hablen la lengua oficial.» François había pensado que la lengua oficial se reducía a unas cuantas voces de mando rabiosas: *Los, los! Schnell! Scheisse, Scheisskerl! Du Schwein! Zu fünf!* Pero tal vez se hablaba otra lengua en las oficinas, tal vez allí se hablaba alemán de verdad.

El hecho es que François no consiguió convencer a su jefe de bloque y se quedó en Buchenwald. Y volvió a encontrarse solo, sin más compensación que la de que el otro le nombró su intérprete, *Dolmetscher*.

Unos días después se le llamó para un trabajo de canteras, *Steinbruch*. Pero no tuvo la suerte de tropezar, como yo, con un ángel de la guarda ruso. Nadie le ayudó a llevar la pesada piedra que el sargento SS le atribuyó. Nadie le llamó *tovarich*. El *Scharführer* le apaleó de tal modo que tuvo que ingresar en la enfermería con lesiones y fracturas múltiples.

Ahí empezó su infortunio.

Su salida del *Revier*, débil, medio lisiado, coincidió con el final del periodo de cuarentena y con su llegada al Campo Grande. Pero su estado físico hizo que le dejaran aparte, excluyéndole de su inserción en el sistema productivo. Al amanecer, en la plaza en la que se pasaba lista, era uno más entre unos cuantos centenares de deportados a los que no se había incorporado de forma estable, permanente, a un kommando de trabajo. Los kapos reclutaban en esta masa anónima la mano de obra que necesitaban episódicamente para reemplazar a deportados ausentes, muertos o exentos de trabajo por un vale de *Schonung*, o bien para tareas no específicas y precarias en algún kommando de vertedero o nivelación de terrenos.

En resumen, los únicos trabajos que eran accesibles a François eran aquellos para los que precisamente había que ser robusto y tener buena salud: cada uno de los días en uno de esos kommandos a los que se le enviaba le iba hundiendo más en la destrucción física y moral.

Dos meses de sufrimiento y de abandono más tarde, François fue devuelto al Campo Pequeño, a uno de los barracones en los que se pudrían los inválidos y los excluidos, marginados por el despotismo productivista del sistema de trabajos forzados: los «musulmanes».

Der Wind hat mir ein Lied erzählt
von einem Glück unsagbar schön.
Er weiss was meinem Herzen fehlt...

[El viento me ha contado una canción
de una dicha indeciblemente bella.
Sabe qué le falta a mi corazón...]

De pronto reconozco la letra.

En cambio, la melodía no. He de confesar que no estoy dotado para reconocer o recordar las melodías. Tampoco para reproducirlas: desentono, no acierto con las notas, igual que un piano viejo.

Cuando era joven, hace siglos, hace tantas noches, demasiadas muertes y vidas, cuando se cantaba a coro *La joven guardia* o *El tiempo de las cerezas* o *El ejército del Ebro*, siempre había un compañero, una compañera, que se tapaba los oídos con un gesto de asombro, de protesta, de indignación: yo estropeaba el conjunto del canto coral, su armonía.

Por eso no reconocí la melodía, pero la letra de

pronto me resultó familiar. *Der Wind*, claro, *der Wind hat mir ein Lied erzählt...*

No era Zarah Leander, era Ingrid Caven, el 28 de noviembre de 2000, en el teatro del Odéon.

Con su andar a la vez flexible y brusco, fluido y anguloso, Ingrid Caven se había adueñado del espacio escénico. Había hecho habitable el gran vacío de la escena, había marcado su territorio con su paso danzante, felino, y no obstante autoritario. Quiero decir, desprendiendo un aura carnal de presencia indiscutible.

Muy al comienzo, yo apenas había prestado atención a la voz, a su manera de romper las melodías, los ritmos establecidos, las rutinas del canto, de rebotar hasta el contralto.

Yo estaba casi fascinado por su demoniaca –o angélica, puede llegar a ser lo mismo– habilidad para ocupar aquel espacio, para hacerlo visible y vivo en la dominada fluidez de sus movimientos.

Era un animal escénico, una hermosa fiera otoñal y rojiza que parecía rejuvenecer a ojos vistas, a medida que el tiempo pasaba, que la escena estaba domesticada, la sala conquistada, los ojos repletos, la nostalgia reavivada, convertida en proyecto de porvenir.

Luego la voz se impuso.

Una voz capaz de arrullar, de irisarse en el *glissando,* de exasperarse en los agudos y los graves, de romperse o de apagarse voluptuosamente para renacer en la insolencia.

De pronto las palabras, las palabras de los domingos de tiempo atrás, en Buchenwald.

A simple vista, ningún lugar se prestaba menos a los esplendores y miserias de la memoria que aquella sala del Odéon el 28 de noviembre del año 2000.

Haciendo la salvedad de que en el trasfondo estaba Alemania.

Deutschland, bleiche Mutter, me dije al oír las primeras canciones alemanas del recital de Ingrid Caven. ¡Alemania, pálida madre!

Enseguida me acordé de Julia, de la Rue Visconti. En aquella lejana noche Julia me habló de Brecht. En el Odéon pensé que Ingrid Caven hubiera debido –pero ¿a mí quién me mandaba meterme en aquello?– hacer un recital entero con poemas de Brecht. Con la violencia y la ternura y la ironía de los textos poéticos de Bertolt Brecht, que parecían escritos para ella: tierna, violenta, irónica.

Me acordé de los versos de Brecht que Julia me recitó entonces: *Deutschland, du blondes, bleiches / Wildwolkiges mit sanfter Stirn...*

Fue en esa Alemania rubia, con un maquillaje blancuzco como en las películas expresionistas, esa joven Alemania de frente serena, coronada de nubes salvajes, en la que pensé aquella noche oyendo a Ingrid Caven cantar las palabras de antaño, las palabras de Zarah Leander oídas los domingos por los altavoces de Buchenwald.

Unos años antes, Klaus Michael Grüber me había pedido un texto dramático sobre la memoria alemana: memoria de luto y luto de la memoria. Yo lo había titulado *Bleiche Mutter, zarte Schwester,* «madre pálida, tierna hermana», y lo había construido en torno al personaje de Carola Neher, a quien descubrí en un poema de Brecht. Rubia, pálida y bella, Carola Neher, que en la Alemania de los años veinte fue una actriz emblemática, exiliada después de que Hitler tomara el poder, encarcelada en Moscú en una de las purgas estalinistas de mediados de los años treinta *(Säuberung,* «depuración» o «purificación», palabra clave del siglo XX, tanto si es política como étnica), desaparecida en un campo del Gulag, Carola Neher encarnaba para mí –como Margarete Buber-Neumann, otro ejemplo– el destino de Alemania.

Hanna Schygulla interpretaba el papel de Carola Neher en esta obra que Grüber puso en escena para unas quince representaciones, al aire libre, en el crepúsculo, entre las tumbas de un antiguo cementerio militar soviético, al pie del palacio del Belvedere.

Así, en medio de los adornos dorados del teatro del Odéon, de las galas del público parisiense, la letra de esta canción, en la versión musical de Ingrid Caven, menos melodiosa, menos dulzona, más áspera, más inquietante, revolviendo las tripas de la memoria, de la historia, me devolvió a un domingo lejano en el *Revier* de Buchenwald.

Me devolvió a la orgullosa y mortífera soledad de mi singularidad de fantasma.

Probablemente aquella noche era el único en aquel lugar que poseía una memoria semejante, alimentada y devorada por aquellas imágenes que surgían como un torbellino. Y me aferraba a esa singularidad, a ese privilegio, aunque pudiera destruirme. Porque esa canción no sólo evoca el ardor de la juventud, sino que evoca también sin agresividad, de manera sonriente y tierna, la proximidad de la muerte.

Allein bin ich in der Nacht,
meine Seele wacht...

[Estoy solo en la noche,
mi alma vela...]

Era verdad: yo estaba otra vez solo en medio de la noche, mi alma velaba.

Cuando ya llevaba algún tiempo en el catre, François abrió de pronto los ojos, en un estremecimiento.

Nuestras caras se encontraban a pocos centímetros la una de la otra, y me reconoció enseguida.

–No, tú no –dijo con voz casi inaudible.

No, yo no, François, yo no voy a morir. Por lo menos no esta noche, te lo prometo. Voy a sobrevivir a esta noche, voy a tratar de sobrevivir a muchas otras noches para acordarme.

Sin duda, y te pido perdón de antemano, a veces olvidaré. No podré vivir siempre en esta memoria, François: sabes muy bien que es una memoria mortífera. Pero volveré a este recuerdo como se vuelve a la vida. Paradójicamente, al menos a primera vista, a simple vista, volveré a este recuerdo de un modo deliberado en los momentos en que tenga que afirmarme, replantearme el mundo y a mí mismo dentro del mundo, volver a empezar, renovar las ganas de vivir agotadas por la opaca insignificancia de la vida. Volveré a este recuerdo de la casa de los muertos, de la sala de espera de la muerte en Buchenwald, para volver a encontrarle gusto a la vida.

Voy a tratar de sobrevivir para acordarme de ti. Para acordarme de los libros que tú habías leído, de los que me hablaste, en el barracón de las letrinas del Campo Pequeño.

Por otra parte, no va a ser difícil. Habíamos leído los mismos libros, nos habían gustado los mismos. En un último acceso de coquetería intelectual, quisiste deslumbrarme con Blanchot. Pero *Aminadab* y *Thomas el oscuro* formaban parte de mis descubrimientos de la época. En cuanto a Camus, ni sombra de discusión: *El extranjero* había sido como un trueno en nuestras dos vidas. Y como no era posible abordar el territorio de Camus sin hacer alguna incursión metafísica, enseguida nos pusimos de acuerdo en un punto esencial: de todos los filósofos franceses vivos, el más original era Merleau-Ponty. *La estructura del comportamiento* era un libro innovador por la importancia que atribuía al cuerpo, a su materialidad orgánica, a su complejidad reflexiva, en el campo de la investigación fenomenológica.

Sólo hubo dos escritores sobre los que, en una sola conversación, no conseguimos ponernos de acuerdo: Jean Giraudoux y William Faulkner.

A François el primero le parecía demasiado relamido, demasiado amanerado. Yo sabía de memoria numerosos fragmentos suyos y se los recitaba. Pero mis citas no hacían más que confirmarle en su opinión negativa; como reafirmaban la mía, arrebatada, entusiasta. Al ver que no iba a obtener de mí un cambio de opinión sobre las novelas de Giraudoux, atacó su teatro. Proclamó con énfasis que toda la obra dramática de Giraudoux no valía lo que la *Antígona* de Anouilh. Con la misma grandilocuencia, yo declaré que lo único que de verdad me había puesto furioso cuando me detuvo la Gestapo, en septiembre de 1943, en Joigny, fue que iba a perderme el estreno de *Sodoma y Gomorra...*

Para terminar, aclarando que eso no era lo principal, denunció el antisemitismo, sin duda superficial y tópico, aunque indiscutible, de algunos textos de Giraudoux.

Ya con mala intención, le repliqué que si no le gustaba Giraudoux, no era debido a su supuesto antisemitismo, sino sin duda al hecho de que prefería, como toda la gente de derechas, la prosa pulida y bien peinada, tan bien educada, de Jacques Chardonne, que desde luego era el polo opuesto de la exuberancia de Giraudoux.

Así pues, no hubo manera de ponernos de acuerdo acerca de Giraudoux.

Y lo mismo ocurrió con William Faulkner.

Pero en el caso de Faulkner a nuestras discrepancias literarias no tardó en mezclarse una cuestión personal. Ni uno ni otro la formulamos claramente, fue algo que quedó al borde mismo de las palabras, en la incierta frontera de lo no dicho.

De hecho no era imposible que François hubiera conocido a Jacqueline B., la joven que me había hecho leer las novelas de Faulkner. En un momento dado apareció en su relato. Al menos apareció una joven que se le parecía extrañamente: ojos azules, largos cabellos negros que le caían sobre los hombros, esbelta, el aire desenvuelto.

En el relato de François iba descalza un día de verano por la plaza Furstenberg, bajo un aguacero. Desde luego, ese fantasma no fue quien le hizo leer a Faulkner; François ya conocía al escritor norteamericano. Fue Jacques Prévert, el que Jacqueline B. –sólo podía ser ella: descalza, como solía ir en verano, con la cara levantada bajo la lluvia, sin duda era ella–, fue Prévert el que la joven le dio a conocer. Lo mismo me pasó a mí, también a mí Jacqueline me llevaba poemas de Prévert escritos a máquina, páginas sueltas, insolentes, con poesía de la vida cotidiana.

Nunca pregunté a François cómo se llamaba aquella joven que vagaba por su relato. Tenía demasiado miedo de que me confirmase que en efecto era Jacqueline, Jacqueline B. Una vez, en medio de un comentario, dio a entender que había tenido lo que suele llamarse una aventura con ella; con aquella desconocida innombrable, como poco innombrable para mí. Al menos fue lo que creí entender. Y la idea de que François hubiera podido tener en sus brazos a Jacqueline B, que hubiese podido acariciarla, separarle las piernas, poseerla, cerrarle los ojos en el grito ahogado del placer, esta idea me era insoportable.

Preferí la incertidumbre.

En cualquier caso, lo que no se decía flotaba en la

discusión propiamente literaria sobre las novelas de Faulkner, que le parecían a François demasiado complicadas, rebuscadas, arbitrariamente construidas; en pocas palabras, le parecían una mierda. Yo me acordaba del entusiasmo de Jacqueline cuando me hablaba de *Sartoris*, al menos había una cosa que François no había compartido con ella. Uno se consuela con lo que puede.

Unos meses más tarde, en los primeros días de aquel hermoso mes de mayo de 1945, una carta de Jacqueline B. llegó a mi nombre a la dirección de mi familia: 47 Rue Auguste-Rey, Gros-Noyer-Saint-Prix, Seine-et-Oise.

Hacía poco que yo había vuelto de Buchenwald. Apenas había tenido tiempo de ver caer la nieve, en borrasca súbita, sobre las banderas del desfile obrero del Primero de Mayo. Con el tiempo justo de comprobar hasta qué punto la verdadera vida era extraña, hasta qué punto sería difícil volver a acostumbrarme a ella. O volver a inventarla.

¿Por qué nos perdimos de vista?, se preguntaba, me preguntaba Jacqueline B. Es cierto, nos habíamos perdido de vista. Incluso estuvimos a punto de perdernos de vida. Sin embargo, era sencillo de explicar. A partir de cierto momento, el trabajo de Jean-Marie Action me obligó a perder de vista a mis amigos de entonces.

Jacqueline me daba unas señas donde podía encontrarla en caso de que tuviera ganas de volver a verla. Por supuesto, tenía ganas. Vivía en la Rue Claude-Bernard, un número impar. Estoy seguro porque yo bajaba por la Rue Gay-Lussac, y luego había que seguir la acera de la derecha. Sin duda éste es un detalle insignificante, una certidumbre que carece de toda importancia. Se puede imaginar perfectamente un relato que ocultase ese pormenor insignificante. Que lo omitiera para ir a lo esencial, al corazón mismo del asunto. Pero en mi vida, aquel mes de mayo de 1945 era un momento errático, no sabía muy bien quién era, ni por qué ni ya para qué. Y el recuerdo de esos detalles insignificantes, de esas certidumbres mínimas, me reafirma en la idea, aunque discutible y volátil, de mi existencia.

Era yo, yo existía de verdad, el mundo estaba allí, habitable, al menos transitable, ya que recuerdo que venía de la Rue Gay-Lussac, que la acera de los números impares comenzaba a quedar en la sombra –lucía el sol en París aquel mes de mayo–, ya que recuerdo que temblaba de emoción pensando que iba a volver a verla.

Vivía en una planta baja, entre patio y jardín, siempre con la misma familia con la que estaba desde hacía tres años, cuando la conocí en la Sorbona. Nunca supe exactamente qué relación tenía con la tal familia, que descendía en línea patronímica directa de un célebre cirujano real del siglo XVIII, uno de los fundadores de la escuela económica de los fisiócratas.

¿Era Jacqueline la señorita de compañía de la madre de familia? (Nunca llegué a ver en la casa a ningún padre.) ¿O era la preceptora de la hermana más pequeña? ¿O la compañera de uno de los hermanos?

En cualquier caso, reanudamos nuestras largas conversaciones interminables ante un vaso de agua y un café exprés, y volvimos a nuestros paseos por París. Nunca me hacía ninguna pregunta acerca de mis dos años en Buchenwald: estaba claro que adivinaba que yo no iba a responder.

Un día de pleno verano salíamos de un cine en la plaza Saint-Sulpice. Había llovido, el aguacero había refrescado la pesadez de la atmósfera. Las baldosas de la acera aún estaban mojadas. Se echó a reír, se quitó los zapatos planos para andar descalza.

Yo la miraba, inmóvil, fulminado por el recuerdo de lo que me contó François L. ¿De verdad la tuvo en sus brazos en otro tiempo?

En la plaza Saint-Sulpice, descalza, vestida con una camisa de hombre, de color y hechura militares, con las mangas arremangadas y una falda de tela cruda, acampanada, que giraba sobre sí misma, con el talle apretado por un ancho cinturón de cuero, Jacqueline levantaba la cara hacia el cielo, como esperando el agua viva de un nuevo aguacero.

Seis meses atrás, en diciembre, el día en que los americanos no cedían ni un palmo de terreno a los soldados de Von Rundstedt en Bastogne, yo escrutaba la cara demacrada, casi translúcida de François L., esperando descubrir el último movimiento, el último aliento. Tal vez la última palabra. Ni siquiera el recuerdo de Jacqueline B. hubiera podido confortarle, arrancarle la menor sonrisa, darle la menor esperanza. Escrutaba su rostro, que estaba a pocos centímetros del mío. Yo sabía que su alma ya le había abandonado, que no volvería a depositar sobre sus facciones, abandonándole una hora después de su muerte, el velo impalpable de la serenidad, de la nobleza interior, del regreso a sí mismo.

A nuestro alrededor, en aquella sala de espera de la muerte, los estertores, los gemidos, las débiles exclamaciones de terror habían callado, habían ido apagándose unos tras otros. En torno a mí sólo quedaban cadáveres: carne para el horno crematorio.

En un estremecimiento de todo su cuerpo, François abrió los ojos, habló.

Hablaba en una lengua extraña, con palabras cortas. Sólo más tarde comprendí que había hablado en latín: dijo dos veces la palabra *nihil,* de eso estoy seguro.

Habló muy aprisa, con una voz muy tenue: aparte de aquel «nada» repetido, no pude captar el significado de sus últimas palabras.

Muy poco después su cuerpo adquirió una rigidez definitiva.

El misterio de las últimas palabras de François L. se perpetuó. Ni en Horacio ni en Virgilio, autores de los que yo sabía que se recitaban poemas, como yo me recitaba a Baudelaire o Rimbaud, no había podido encontrar nunca un verso en el que la palabra *nihil*, nada, se repitiese dos veces.

Decenios más tarde, más de medio siglo después de que en una noche de diciembre François L. agonizase a mi lado, y que en un último estremecimiento pronunciase unas palabras que no comprendí, pero que estaba seguro de que eran latinas, debido a la repetición de la palabra *nihil*, trabajaba yo en una adaptación de *Las troyanas* de Séneca.

Era una nueva versión española que me había encargado el Centro Andaluz del Teatro. El director que me propuso participar en aquella aventura era un francés, Daniel Benoin, director de la Comédie de Saint-Étienne.

Yo trabajaba simultáneamente con el texto latino establecido por Léon Herrmann para la Collection des Universités de France, más conocida con el nombre de «colección Budé», y con una traducción española muy literal y bastante desprovista de aliento trágico.

Un día, después de terminar mi traducción de la escena crucial entre Pirro, hijo de Aquiles, y Agamenón, me dediqué a un largo pasaje del coro de las Troyanas. Traduciendo el texto latino que tenía delante acababa de escribir en español: «'Tras la muerte no hay nada, y la muerte no es nada...'».

De pronto, sin duda porque la repetición de la palabra «nada» despertó en mí confusamente un recuerdo semiperdido, no identificado, pero lleno de angustia, volví a leer el texto latino: *«Post mortem nihil est ipsaque mors nihil...»*

De esta manera, más de medio siglo después de la

muerte de François L. en Buchenwald, el azar de un encargo literario me hizo volver a encontrar sus últimas palabras: «Tras la muerte no hay nada, y la muerte no es nada». No cabía la menor duda, con toda seguridad eran las últimas palabras de François.

Pero en julio de 1945, el verano de mi regreso, en la plaza Saint-Sulpice, aún no había descubierto el origen de las últimas palabras de François.

Miraba a Jacqueline B, descalza sobre el asfalto mojado, con las sandalias en la mano. Con la cara levantada, parecía esperar el agua del cielo, y la lluvia empezó de nuevo a caer copiosamente.

Fue a refugiarse en mis brazos, y su empapada camisa no tardó en dibujar la forma de sus pechos.

Yo hubiera debido murmurarle al oído el secreto de mi deseo. Decirle lo mucho que había pensado en ella, y cómo: con qué violencia. Su cuerpo desconocido, adivinado, entrevisto a veces en la alegre dejadez de las prendas de verano; el fantasma de su cuerpo había alimentado mis ensueños de Buchenwald.

Bajo el agua caliente de la ducha –ducha de privilegiado, de *Prominent*: en la *Arbeit* podían elegirse los días y las horas mucho más que el común de los mortales, que en realidad no tenían elección: ducha obligatoria a una hora fija, relativamente semanal; además, no estábamos hacinados en la sala de duchas como el común de los mortales (¡y tan mortales!), a menudo sólo éramos cuatro o cinco en la gran sala embaldosada, bajo el agua caliente de la ducha–, la imagen evocada de su cuerpo, en los días buenos, aún podía provocar el generoso aflujo de sangre, concretando el ensueño.

Desde luego no dije nada, no murmuré nada a su oído. Abrazándola protegí su cuerpo del aguacero. Cesó la lluvia, abrí los brazos, y se alejó con los pechos arrogantes bajo la camisa empapada.

Un año después me casé con una joven que se le parecía extrañamente. Por supuesto, fue un desastre.

De pronto sonaron unos golpes sordos, insistentes, mientras dormía profundamente. Un sueño se había coagulado en torno a aquel ruido: clavaban un ataúd en algún lugar del fondo de mi sueño. En algún lugar a la izquierda, a lo lejos, en el oscuro territorio del sueño.

Yo sabía que estaba soñando, sabía qué ataúd estaban clavando en aquel sueño: el de mi madre. Sabía que allí había un error, un equívoco, una confusión. Sabía que a mi madre nunca la habían metido en un ataúd en un paisaje como aquél: un cementerio al borde del mar bajo el acompasado vuelo de las gaviotas. Sabía que no era así, aunque también estaba seguro de que era a mi madre a quien iban a enterrar.

Sabía sobre todo que yo iba a despertarme, que aquellos repetidos golpes –¿un martillo en la madera del ataúd?– iban a despertarme de un momento a otro.

La angustia de aquel sueño era insoportable. No porque estuvieran clavando el ataúd de mi madre. Saberlo, por preciso que fuera, no evocaba, curiosamente, imágenes de dolor. Al contrario. Oía los martillazos sobre la madera del ataúd de mi madre, pero las imágenes que se desplegaban no eran fúnebres. No, la angustia no podía proceder de las imágenes triunfales, o tiernas o emocionantes que se evocaban. La angustia se debía a saber otra cosa.

Tenía la certidumbre de haber tenido ya aquel sueño, de que ya me había despertado en otra ocasión de aquel sueño. Tenía un recuerdo muy concreto, fulgurante, en el instante mismo del despertar, de lo que había sucedido después de aquel primer sueño, de aquel primer despertar: Kaminsky y Nieto, el muerto que necesitábamos, François L. en la sala de los que ya no tenían esperanza.

Lo que era angustioso era esa certidumbre, la idea de que iba a revivir lo que ya había vivido, aquellas últimas cuarenta y ocho horas.

Abrí los ojos haciendo un gran esfuerzo.

No era Kaminsky quien estaba a mi lado, sino Ernst Busse, golpeando con el puño el travesaño de la litera.

La angustia desapareció, todo volvió a su lugar: estaba dispuesto para lo que fuera.

–¡Qué bien te lo tomas! ¿Has conseguido dormir?

El tono de Busse era entre gruñón y admirativo.

No tuve tiempo de decirle que, en efecto, era capaz de dormirme en cualquier situación, incluso entre dos interrogatorios de la Gestapo.

–Hace cinco minutos dormías tan profundamente –añadió Busse, sarcástico– que los *Leichenträger*, los que se llevan los cadáveres, han estado a punto de llevarte al crematorio.

Echa sobre el jergón mis ropas. Me quito la camisa y me visto rápidamente.

La sala del *Revier* en la que he pasado la noche ahora está vacía. Podrán llenarla con una nueva hornada de moribundos.

Había visto morir a François, pero no había visto cómo se lo llevaban al horno crematorio.

–Qué tronchante –dijo Busse–, si te hubieses despertado en el último momento, entre el montón de cadáveres que iban a meter en el horno.

Sí, tronchante.

Durante la noche, un instante después de que François hubiese pronunciado aquellas palabras que me habían parecido latinas a causa del *nihil* repetido dos veces, un enfermero se acercó a mi catre. Llevaba una jeringa en la mano, me hablaba en ruso en voz baja. Comprendí que quería ponerme una inyección. Recordé lo que me había dicho Busse: una inyección para hacer subir la fiebre, en caso de que los SS decidieran terminar su fiesta dándose una vuelta por el *Revier*.

En el momento en que el joven enfermero se inclinó hacia mí, buscándome la vena para clavar la aguja, me pareció reconocerle. Me pareció que era el ruso que me había salvado en la cantera, nueve meses atrás.

Pero no tuve ocasión de comprobarlo. Se acercó Ernst Busse a toda prisa e interrumpió el gesto del ruso.

–En el último momento –me murmuró– han cambiado de idea. Van a terminar la noche en el burdel.

Se llevó al enfermero dejándome otra vez solo, tendido al lado de François L.

En cualquier caso, no me desperté en medio de un montón de cadáveres, en el patio del crematorio. Había sido Busse quien me despertó de aquel repetido sueño en el que clavaban el ataúd de mi madre.

Pero en mi sueño otro ruido se superponía al de los martillazos en la madera del ataúd. Siguiendo a Busse, abandonando tras él la sala de los desahuciados, identifiqué aquel otro ruido.

En mi memoria infantil, el 14 de abril de 1931, día en que se proclamó la República en España, y en la que su hermano menor, Miguel Maura, salió de la prisión de Madrid, la cárcel Modelo, para convertirse en ministro de la Gobernación del nuevo régimen, mi madre colgó en los balcones de nuestro piso, de la calle Alfonso XI –en el que iba a morir unos meses más tarde– banderas con los colores republicanos: rojo, amarillo y morado.

No bien estas banderas empezaron a ondear al viento de la primavera, en una de las calles más tranquilas y acomodadas de aquel barrio burgués, todos los vecinos cerraron de golpe sus postigos para no ver aquel espectáculo insoportable.

El ruido de aquellos postigos cerrándose de golpe se superpone al de los martillazos en el ataúd: los ruidos de la vida y los ruidos de la muerte.

En mi escena primitiva –porque esto es lo que es,

y no poco– no hay sexo. Ni tampoco ningún padre. Hay una madre joven y triunfante, bella, que se yergue con una risa de provocación. Y están las banderas de la República.

Yo seguía a Busse por el dédalo de corredores del *Revier*.

Los altavoces difundían los rumores procedentes de la plaza de pasar lista: órdenes de los suboficiales SS, algarabía de la multitud de deportados que se reagrupaban en los kommandos de trabajo, una vez dislocada la formación por bloques.

Sobre todo ese rumor profundo, vasto, turbulento, estallaba la música de la banda del campo, que tocaba briosas marchas para acompañar ritualmente la salida matinal de los kommandos.

Era la música oficial, la de la *Lagerkappelle*, cuyos músicos llevaban un uniforme de circo –pantalones de montar bombachos de color rojo, y chaquetas con alamares verdes (o viceversa: no voy a hacer el menor esfuerzo para aclarar este detalle)–, y que por la mañana y por la tarde se apostaban en la plaza para dar ánimos a los que iban al trabajo y al regreso de los kommandos.

Sin embargo, la verdadera música de Buchenwald no era ésta.

La verdadera música, al menos para mí, era la que a veces difundían los suboficiales SS, sentimental y nostálgica, por el circuito de los altavoces. Música y voz del domingo, de la que las canciones de Zarah Leander eran el paradigma.

Y estaba además, sobre todo, la música de jazz de la orquesta clandestina de Jiri Zak.

El domingo anterior, bajo la habitual borrasca de nieve de diciembre, me dirigía hacia el *Kino*.

Jiri Zak, un compañero checo de la *Schreibstube*, la Secretaría, me había citado allí. «Ven», me dijo durante la lista del mediodía, «ven al *Kino* enseguida. He descubierto un nuevo trompetista. Un estudiante noruego, genial, ya verás. Voy a pedirle que toque unos fragmentos de Armstrong... Y además, podremos hablar tranquilamente. Tengo un mensaje para ti de parte de Pepiku.»

Pepiku es un diminutivo cariñoso de Josef. Y Josef es Frank: Josef Frank. Trabaja como yo en la *Arbeitsstatistik*. O sea, que podría hablar conmigo directamente en cualquier momento del día. Pero sin duda prefiere que no nos vean demasiado a menudo juntos, haciendo conciliábulos.

Yo le había pedido que me ayudara a montar una operación especial tan confidencial que era mejor mantener al margen al propio aparato clandestino.

Se trataba de preparar una fuga por cuenta del PCF.

Fue Pierre D. quien habló conmigo de parte de Marcel Paul. Yo no había hablado del asunto a Seifert, demasiado dependiente de la puntillosa burocracia de la organización comunista alemana. Seifert no me hubiera creído sin más. No porque no tuviera confianza en mí, la tenía, sin ningún género de dudas. Pero, dado el puesto que ocupaba en la jerarquía clandestina, tenía la obligación de remitirse a las instancias superiores, que hubieran querido saber más de Marcel Paul haciendo averiguaciones en el PCF.

¿Era verdad que este último quería organizar su fuga? ¿De verdad había hablado conmigo acerca de ello? En cualquier caso, ¿era una decisión correcta? ¿Podía tomarla sin consultar al comité internacional dadas las consecuencias que podía acarrear un fracaso siempre posible?

En resumen, se empezaría a discutir, y habría palabrería y parloteo. Demasiada gente acabaría por tener noticia de un proyecto que debía permanecer en el mayor de los secretos, incluso para las instancias regulares de la organización comunista internacional de Buchenwald.

Se trataba de un asunto en el que era mejor actuar según métodos de trabajo FTP, hubiera dicho Daniel Anker. '*A la guerrillera*', hubiera dicho yo en español. Un asunto entre comunistas en el que el Partido, como institución, sólo podía joderlo.

Por eso decidí dirigirme a Josef Frank. Sabía que él me contestaría sí o no sin hacer ninguna consulta previa, de acuerdo con su criterio. Porque era el jefe. Lo que yo necesitaba.

Frank tenía responsabilidades importantes en la *Arbeit*, al lado de Seifert. Se encargaba de reclutar especialistas –técnicos y obreros cualificados– para las diversas fábricas de armamento de Buchenwald: Gustloff, DAW y demás.

Éste era el aspecto digamos oficial de su trabajo,

del que hubiera tenido que rendir cuentas, en caso de pedírselas, al mando SS. Tras esta fachada –la utilización revolucionaria de todas las posibilidades legales de actividad es, sin discusión ninguna, una de las prácticas políticas más universales y eficaces del bolchevismo–, Frank había sido encargado por el aparato clandestino de seleccionar, en la medida de lo posible, militantes veteranos para los puestos de trabajo disponibles en este sector.

La estrategia global de la organización comunista clandestina aspiraba a controlar el sistema productivo de Buchenwald con un doble objetivo: preservar a un máximo de dirigentes obreros, de combatientes antifascistas en general, colocándolos en los mejores puestos del dispositivo de producción; y luego servirse de ellos para organizar la lentitud sistemática, y en casos concretos el sabotaje de la fabricación de armamento.

Josef Frank, como la mayoría de sus compatriotas oriundos del Protectorado de Bohemia-Moravia, formaba parte de los *Prominenten*, la aristocracia roja de Buchenwald. Pero, a diferencia de tantos otros kapos comunistas, era un hombre tranquilo, afable, incluso cortés. Jamás ni un arrebato de arrogancia o de ira; jamás insultos o groserías en su esmerada manera de hablar alemán.

Desde luego, no daba confianza fácilmente, no trababa amistades, mantenía las distancias, la reserva.

Yo podía comprenderle.

La promiscuidad, inevitable y permanente, era uno

de las azotes más funestos de la vida cotidiana en Buchenwald. Si hoy se pregunta a los supervivientes –escasos, por fortuna; pronto se llegará a ese punto ideal al que aspiran los especialistas: ya no habrá testigos, o, mejor dicho, ya no habrá más que «testigos verdaderos», es decir, muertos; pronto nadie podrá tocarles los huevos con fastidiosos recuerdos personales, *Erlebnis,* 'vivencia', de una muerte de la que, más que supervivientes, hay aparecidos–; si se interrogase a los supervivientes o aparecidos, al menos los que fuesen capaces de una mirada lúcida, no complaciente, libre de los estereotipos del testimonio lacrimoso –por verídico que sea–, es probable que el hambre, el frío, la falta de sueño apareciesen en primer lugar, en una clasificación perentoria y visceral de los sufrimientos.

Sin embargo, me parece que estos mismos supervivientes, si se atrajera su atención y se reavivara su memoria acerca de este aspecto, reconocerían muy pronto los estragos que provocaba la inevitable promiscuidad.

Ésta constituía un atentado más insidioso, menos brutal, sin duda menos espectacular que las perpetuas palizas, más desconcertante también –a causa de sus aspectos, a menudo grotescos, incluso a veces hilarantes–, a la integridad de la persona, a la íntima identidad de cada uno.

No sé si puede medirse objetivamente un dato semejante. Medir las consecuencias de este hecho: ni un solo acto de la vida privada podía realizarse más que bajo la mirada de los demás. Tanto daba que esta mirada fuese muchas veces fraternal o compasiva. Desde luego era mejor, pero lo insoportable era la mirada misma. No hay nada peor que la transparencia absoluta de la vida privada, cuando cada uno se convierte en el *big brother* del otro.

Dormir en medio de la respiración colectiva, los miasmas comunes de las pesadillas, sus ronquidos y gemidos, el ruido inmundo de las vísceras; defecar ante la vista de docenas de individuos acuclillados como uno mismo en las letrinas colectivas, en la delicuescencia apestosa, sonora, de las entrañas doloridas: ni un solo instante de intimidad salvado de la exhibición, de la presencia infernal de la mirada de los demás.

En Buchenwald, si se formaba parte de la plebe en lo que se refiere a la vida cotidiana –éste era mi caso–, sólo había dos maneras de librarse o atenuar provisionalmente la agresividad –involuntaria sin duda, pero inevitable– de estas miradas ajenas.

La primera consistía en evadirse en medio de la dicha fugaz de un paseo solitario.

Esto era posible en ciertas épocas del año (después del invierno y las borrascas glaciales de nieve y de lluvia) y a ciertas horas del día. Por ejemplo, en la pausa del mediodía. O después de la lista de la tarde, antes del toque de queda. Y desde luego, los domingos a primera hora de la tarde. Podía elegirse entre varios itinerarios.

Por ejemplo, el bosquecillo que había alrededor

de los barracones del *Revier*. O la vasta explanada entre las cocinas y la *Effektenkammer*, que brindaba además la posibilidad de contemplar el árbol de Goethe, la encina bajo la cual la leyenda del campo aseguraba que le había gustado instalarse con aquel idiota de Eckermann, y que los SS habían conservado para demostrar su respeto por la cultura alemana.

Para esos paseos había que evitar sobre todo los lugares, por amplios y agradables que fuesen, demasiado directamente expuestos a la mirada de los centinelas SS, apostados en los miradores que jalonaban el contorno del recinto electrificado. También había que huir de la avenida, fuera del alcance de la mirada nazi, que bordeaba el crematorio: en aquel lugar era casi inevitable que la efímera dicha de la soledad, del repliegue hacia uno mismo, se rompiese con la llegada de una carreta que transportase hacia los hornos una porción de los cadáveres del día.

No porque un encuentro así pudiera sorprender: estábamos acostumbrados a la presencia de los cadáveres, al olor del crematorio. La muerte ya no tenía para nosotros ningún secreto, ningún misterio. Al menos ningún otro secreto, ningún otro misterio que el trivial conocido en todos los tiempos, insondable no obstante, del mismo hecho de morir. Un paso invivible en todos los sentidos del término.

Pero era verdaderamente inútil hacerse recordar esa omnipresencia de la muerte. Era mejor pasear por otro sitio.

Además del paseo solitario, sólo había otro medio

de engañar la angustia pegajosa de la promiscuidad perpetua: el recitado poético en voz baja o en voz alta.

Este sistema tenía sobre el del paseo higiénico una ventaja considerable –aunque evidentemente era menos saludable para un cuerpo maltrecho–: la de poder practicarse en cualquier momento, en cualquier circunstancia, lugar u hora del día.

Sólo se necesitaba un poco de memoria.

Así, hasta sentado en la viga de las letrinas del Campo Pequeño; o al despertarse en medio del guirigay de gemidos de los dormitorios o alineado a cordel en la fila de presos delante de un sargento SS que contaba para pasar lista; o esperando a que el servicio de la cuadra cortase con un alambre de acero el irrisorio pedazo de margarina que nos correspondía; en cualquier circunstancia uno podía abstraerse de la inmediatez hostil del mundo para aislarse en la música de un poema.

En las letrinas, fuera cual fuese la pestilencia y la ruidosa evacuación de las vísceras a nuestro alrededor, nada nos impedía murmurar la consoladora melodía de unos versos de Paul Valéry:

Calme, calme, reste calme / connais le poids d'une palme / portant sa profusion...

[«Calma, calma, ten calma, / conoce el peso de una palma / llevando su profusión...»]

O bien:

Présence pure, ombre divine, / qu'ils sont doux tes pas retenus. / Tous les dons que je devine / viennent à moi sur ces pieds nus...

[«Presencia pura, sombra divina / qué suaves son tus pasos quedos. / Todos los dones que adivino / vienen a mí en tus pies descalzos...»]

No sé cuál era el método de Josef Frank para combatir los efectos nocivos de la promiscuidad, con su cortejo de inconveniencias, de vulgaridad, de complacencia en el envilecimiento. Pero había sabido mantener las distancias, preservar su intimidad, sin caer por ello en la arrogante violencia de tantos otros kapos y *Prominenten.*

En cualquier caso, fue a Josef Frank a quien pedí que nos ayudara a organizar la fuga de Marcel Paul. Aceptó. «Pero es un asunto entre nosotros», me dijo. Entre nosotros, de acuerdo, lo prefería. A mí me gustaba hacer la cosas a lo guerrillero.

–Tengo algo para ti de parte de Pepiku.

Jiri Zak había ido a buscarme durante la lista, el domingo anterior.

Bastaba recorrer el pasillo, en el mismo barracón, para llegar de la *Schreibstube* donde él trabajaba a la *Arbeitsstatistik.* En la secretaría Zak era el ayudante del kapo, un comunista alemán. Pero éste a menudo estaba ausente por enfermedad, y en la práctica era Zak quien se hacía cargo de la dirección del servicio.

Era un joven checo de estatura alta, que andaba ligeramente encorvado. Tras unas gafas de acero, una mirada excepcionalmente vivaz e inteligente. Desde este punto de vista, los checos de Buchenwald se parecían mucho entre sí. Al menos los que yo traté en puestos de responsabilidad. Tranquilos, despiertos, siempre inalterables. Además cultos, interesándose por el mundo, por los hechos que había que descifrar. Interesándose por los otros, lo cual aún era más raro.

La pasión privada de Jiri Zak era la música de jazz.

Había conseguido reunir un grupito de músicos de diversas nacionalidades. Los instrumentos de la orquesta se habían recuperado de los tesoros que contenía la *Effektenkammer*, el almacén general en el que se acumulaban desde hacía años objetos que procedían de toda Europa, y que habían formado parte del equipaje de los deportados.

De toda Europa salvo de la Gran Bretaña, protegida por su insularidad y su valor de las desgracias de la ocupación. Salvo de la Rusia soviética por razones muy distintas: era inconcebible que un deportado ruso llevase algo de equipaje. El único equipaje de los jóvenes rusos deportados era una vitalidad inaudita, de un salvajismo a veces positivo: rebelión en estado puro contra la absurda ignominia del curso de las cosas; a veces maléfico, mafioso.

El conjunto de jazz formado por Jiri Zak, sus sesiones de música públicas, o bien, más a menudo, entre nosotros, en una especie de *jam-sessions*, principalmente el domingo después de comer, era una de las cosas más bellas, más sorprendentes y espléndidas que he visto en toda mi vida.

Música, además, doblemente clandestina.

Aunque los suboficiales SS que trataban directamente con la población deportada cerraban los ojos o toleraban las actividades culturales que las diversas nacionalidades conseguían organizar el domingo después de comer, hubieran intervenido brutalmente para impedir las sesiones de jazz, esa música de negros.

Por su parte, los veteranos comunistas alemanes no sentían la menor afición por esta música, decadente, afirmaban, típica de la época de descomposición del capitalismo. Si se hubieran enterado de su existencia lo más probable es que la hubiesen prohibido. Pero Jiri Zak, para evitarse problemas y discusiones complicadas, se las ingeniaba para que las sesiones de jazz tuviesen lugar al margen del circuito legal –¡si se puede decir así!– de las actividades culturales.

No era, desde luego, la trompeta de Louis Armstrong, pero no estaba mal. Francamente, no estaba nada mal.

Cuando entré en la sala del *Kino*, el domingo después de comer, ocho días antes del domingo del que se habla en este relato, el estudiante noruego acababa de atacar el primer solo de *In the Shade of the Old Apple Tree*. A su alrededor el alborozo iba en aumento. Markovich cogía su saxofón, el batería se desencadenaba. Todos tocaban, dentro del ritmo y la estructura temática, liberándose enseguida en una improvisación armónica, rompiendo sin cesar esas bases provisionales.

Jiri Zak estaba encantado, le brillaban los ojos detrás de los cristales de sus gafas de acero.

Yo no tardé en participar de aquella exultación, de ese sentimiento de extremada libertad que siempre me ha proporcionado, que me proporciona todavía, la música de jazz.

Pero Zak me había visto, se separó de los músicos para acercarse a mí.

Cuando pienso en él tratando de evocar su imagen, de definir los rasgos de su rostro, de hacer surgir su silueta, su mirada, sus andares, de la lejanía del tiempo, siempre creo verle en aquel momento: la gran sala del *Kino* vacía y sonora; el grupito de deportados en un rincón, formando un semicírculo en torno al joven trompetista noruego –había en Buchenwald un grupo de estudiantes detenidos en Noruega, no sé por qué, que no estaban sometidos al régimen general: permanecían aislados de los demás deportados y no trabajaban– repitiendo a coro los temas musicales; y Jiri Zak, muy alto, con los hombros encorvados, dirigiéndose hacia mí.

Sin embargo, después de aquel domingo lo volví a ver muchas veces en Buchenwald.

Volví a verlo mucho más tarde, en la primavera de 1969. Yo había ido a Praga con Costa Gavras, que aún trataba de rodar *La confesión* en Checoslovaquia. Había reuniones, discutíamos el asunto; pero estaba claro que aquel rodaje iba a ser imposible allí. Se había impuesto la normalización, el restablecimiento del orden, después de la invasión del país por las tropas soviéticas.

Yo había pedido a unos cineastas amigos que aún no se habían resignado al exilio que me ayudaran a encontrar a Jiri Zak. Lo encontraron. Un día al volver al hotel encontré un mensaje: Zak me esperaba a tal hora en tal sitio. Era un piso cuyas ventanas daban a la plaza Wenceslas. Zak tenía los cabellos grises, pero su mirada no había cambiado, ni tampoco su manera de andar. Le acompañaba una mujer ya vieja, de corta estatura, con cara de manzana arrugada. Era la viuda de Josef Frank, nuestro compañero de Buchenwald, Pepiku. Cuando volvió de la deportación, Frank fue nombrado secretario general adjunto del Partido Comunista de Checoslovaquia. Fue una de las víctimas de los procesos estalinistas de los años cincuenta. Se le acusó de haber estado al servicio de la Gestapo en Buchenwald, y confesó, ¿después de qué torturas? Le ahorcaron junto con Slansky, Geminder y unos diez acusados más: sus cenizas se esparcieron por una carretera nevada, desierta: no debía quedar ningún rastro de su existencia, ningún resto mortal que pudiera honrarse, ningún lugar de recuerdo, ninguna posibilidad de evocar su memoria.

Aquel día, en Praga, en la primavera de 1969, le recordé el ensayo de su conjunto de jazz en el *Kino* de Buchenwald, un domingo de diciembre de 1944. Él se acordaba del joven trompetista noruego. Pero había olvidado con qué tema de Armstrong le pidió que demostrara sus habilidades. *¿In the Shade of the Old Apple Tree?* No, no se acordaba. Sin duda aquel tema musical no estaba en el centro de su memoria, en el corazón mismo de su vida.

En cambio, así era para mí.

En Praga, aquel día de 1969, yo hubiera podido contar mi vida a Jiri Zak, en torno y tomando como referencia aquel motivo de Louis Armstrong.

En el verano de mis diecinueve años, en 1943, empecé a participar en misiones clandestinas para el grupo de Frager, Jean-Marie Action. Aún no me había instalado en Joigny como miembro permanente del grupo. Regresaba a París después de unos cuantos días en el Yonne o en la Côte-d'Or, dedicados a organizar la recepción y la distribución de las armas que lanzaban en paracaídas los servicios británicos; a poner a punto el plan de sabotaje de las vías de comunicación: ferrocarriles, esclusas del canal de Borgoña.

A veces volvía a París el día en que había una fiesta sorpresa en casa de unos amigos. Ocultaba mis falsos papeles, a nombre de Gérard Sorel, jardinero, nacido en Villeneuve-sur-Yonne –en mis bolsas de ciclista, por las carreteras regionales de los alrededores de Joigny, llevaba las herramientas de mi oficio–, recuperaba mis verdaderos papeles de residente español, estudiante en la Sorbona, y me presentaba en la fiesta. Al verme entrar, mis amigos más íntimos, chicos o chicas, hacían que parara la música, sorprendiendo así a las parejas abrazadas, y ponían en el tocadiscos la canción de Armstrong *In the Shade of the Old Apple Tree.* Era como un saludo, un gesto codificado de amistad, un guiño cómplice.

Más tarde, en Madrid, en la clandestinidad antifranquista, esta canción de Louis Armstrong también estuvo mezclada con episodios significativos.

Pero no conté mi vida a Jiri Zak en Praga, en 1969, cuando se desplegaba la nueva glaciación de la sociedad checa, después de la invasión de las tropas soviéticas. O sea, que no hay razón alguna para que la cuente aquí, para que diga todo lo que se agita en mi memoria, en mi alma –en la medida en que sea posible distinguir una de otra– en la evocación de Louis Armstrong.

En cualquier caso, en el *Kino*, Jiri Zak fue a reunirse conmigo después de las variaciones, las improvisaciones de sus músicos sobre el tema de *Old Apple Tree.* Tenía un mensaje para mí de parte de Frank.

Unas semanas después, decía en él, la jefatura SS iba a formar un nuevo kommando. Se trataría de un equipo de trabajo móvil, que se desplazaría en tren y cuya misión era reparar las vías férreas bombardeadas por los aliados.

Por su movilidad, por las circunstancias mismas de un trabajo que tenía que efectuarse al aire libre, en espacios abiertos, más difíciles de vigilar, imposibles de cercar, parecía que este kommando iba a prestarse más que cualquier otro a un proyecto serio de fuga.

Si el PCF aceptaba esta propuesta, había que tomar medidas inmediatas, para que Marcel Paul y los camaradas de su grupo pudieran ser incluidos en la lista de los deportados de la que Frank tenía que hacer la selección.

Bueno, yo transmitiría el mensaje y la respuesta que me dieran. El estudiante noruego atacaba otro solo de trompeta. Tenía verdaderas dotes.

De todas las imágenes posibles de Jiri Zak, joven comunista checo en Buchenwald, muerto en el exilio en Hamburgo, ya que el restablecimiento del orden estalinista le obligó a irse de Praga poco después de nuestra última entrevista; de todas las imágenes posibles mi memoria evoca siempre espontáneamente la de aquel domingo de diciembre en el *Kino,* el día en que escuchábamos al nuevo trompetista noruego aventurándose a tocar los solos de Armstrong.

Pero no oigo *In the Shade of the Old Apple Tree* mientras deambulo por los corredores del *Revier,* siguiendo a Ernst Busse, el kapo. Ni siquiera *On the Sunny Side of the Street.* Tampoco la voz de Zarah Leander en *Der Wind hat mir ein Lied erzählt...* Lo que se oye es el rumor sordo de la plaza en la que se pasa lista, el chinchón de la orquesta del campo, las estridentes órdenes de los suboficiales SS.

–¿Conoces al embajador de Franco en París? –me preguntó secamente Walter Bartel.

La pregunta me pilló por sorpresa, desde luego me dejó atónito. Pero al mismo tiempo en mi cerebro se encendió una lucecita: creí adivinar a qué venía aquella pregunta tan absurda.

Ernst Busse me había hecho entrar en su despacho del *Revier*. Bartel ya estaba allí, sentado detrás de una mesa. Busse fue hacia él. Sin duda faltaba una tercera silla para completar la troika tradicional, la santísima trinidad del Komintern. Pero no acudió nadie más.

Un tribunal. Fue lo primero que se me ocurrió, sobre todo cuando Bartel me indicó por señas que me sentara delante de ellos en un taburete.

Sólo entonces advertí la presencia en el cuarto de Kaminsky y de Nieto.

Kaminsky había adoptado un aire desenvuelto, como si se encontrase allí por casualidad. Daba la sensación de que hubiera leído el periódico, en caso de que hubiese habido por allí algún ejemplar del *Völkischer Beobachter*, para que se viera aún más su falta de interés. En cuanto a Jaime Nieto, principal responsable de la organización clandestina del Partido español en Buchenwald, no parecía satisfecho. Yo no podía adivinar si su descontento se debía a estar manifiestamente relegado a un segundo plano, sentado a cierta distancia de Bartel y de Busse, o simplemente que no le gustaba estar allí. El hecho es que estaba de mal humor: muy serio, y con un brillo de descontento, quizás incluso de cólera en la mirada.

Fue, pues, Walter Bartel quien empezó el interrogatorio. Era lo lógico, porque era el jefe.

Bartel. Tengo que decir de él unas palabras.

A veces invento personajes. O en mis relatos les doy nombres ficticios, aunque ellos sean reales. Las razones son diversas, pero dependen siempre de necesidades de carácter narrativo, de la relación que hay que establecer entre lo verdadero y lo verosímil.

Kaminsky, por ejemplo, es un nombre ficticio. Pero el personaje es en parte real. Probablemente en lo esencial. Alemán oriundo de la Silesia, de apellido eslavo (le he llamado Kaminsky por la *Sangre negra* de Guilloux), veterano de las Brigadas Internacionales internado en el campo de concentración de Gurs en 1940 y entregado a la Alemania nazi por las autoridades de Vichy: todo eso es verdad. Pero a esta verdad le he añadido elementos biográficos y psicológicos de otras procedencias, que tomo de otros deportados alemanes a los que conocí.

No me ha parecido justo conservar su verdadero nombre ya que le atribuía palabras que él nunca me dijo, y opiniones que ante mí jamás expresó. Es lo menos que podía hacer para salvaguardar su libertad, su posibilidad de distanciación, incluso de rechazamiento, si es que aún vive.

En este caso, el nombre ficticio de Kaminsky, por así decirlo, le protegerá si no se reconoce en este retrato, si se niega a reconocerse.

Lo de Walter Bartel y de Ernst Busse es completamente distinto.

Es obligado que conserve sus verdaderos apellidos, sus nombres reales. En su caso, sea cual fuere su estatuto narrativo, lo que me interesa es la verdad histórica. Porque Bartel y Busse son personajes históricos. Los investigadores, los especialistas de la historia de los campos de concentración nazis en general, y del campo de Buchenwald en particular, ya han dado o van a dar un día u otro con sus nombres. Se han publicado documentos de archivos que les mencionan, y sin duda se publicarán más. Los investigadores tendrán que valorar el papel que desempeñaron en la historia de Buchenwald y en la del régimen comunista de la Alemania del Este.

Aunque la escena que evoco se cuente con la misma exactitud que me esfuerzo por reproducir, su verdad profunda quedaría destruida o corrompida si diese a Bartel y a Busse nombres ficticios por descuido o por ligereza. O por miedo a aceptar la responsabilidad de incluirlos con su verdadero nombre en un episodio del que no podría dar ninguna prueba, ya que todos los testigos han muerto.

Por supuesto, excepto yo. Al menos, en el momento en que escribo, aún estoy vivo, cincuenta y seis años después de aquellos hechos, casi día por día.

En cualquier caso, era la primera vez que Bartel hablaba conmigo.

Es verdad que lo conocía de vista. A veces iba a hablar con Seifert a solas, en el cuchitril privado que este último tenía en la *Arbeit*. Era un hombre bajo, de unos cuarenta años, rubio, de cara sonrosada, móvil, de una evidente vitalidad. No llevaba ninguno de los brazales que distinguían a los funcionarios de autoridad de la administración interna del campo. Ni kapo, ni *Vorarbeiter*, ni *Lagerschutz*, nada parecido. Sin duda pertenecía oficialmente a algún kommando de mantenimiento general, lo cual le permitía circular sin problemas por el recinto de Buchenwald.

Pero aunque no llevara ningún signo exterior de autoridad, ésta era perceptible.

Él fue quien comenzó el interrogatorio, porque por lo visto se trataba de un interrogatorio.

–¿Conoces al embajador de Franco en París? –me soltó a bocajarro.

–No lo conozco –dije después de haber encajado el efecto de la sorpresa–. Pero sé quién es.

–¿Acaso no es lo mismo? –bramó encogiéndose de hombros.

–Hay una diferencia enorme –precisé–. Ninguno de vosotros conoce a Von Ribbentrop, seguro que no... Pero todos sabéis quién es.

La mirada de Walter Bartel se oscureció. No le gustaba aquella clase de contestaciones.

Observo a los demás con el rabillo del ojo. Nieto sacude la cabeza aprobadoramente. Kaminsky se esfuerza por mostrar indiferencia. Pero su mirada, cuando se cruza con la mía, es amistosa. En cuanto a Ernst Busse está macizamente instalado en algún otro lugar obtuso.

–¡Claro, Von Ribbentrop, Von Ribbentrop! –exclama Bartel.

Pero esta exclamación no le lleva a ningún sitio. Vuelve al asunto de antes.

–¿O sea que conoces al embajador de Franco en París?

–Sé quién es, nada más. José Félix de Lequerica. Vasco, católico, franquista. Mi padre también es católico, pero antifranquista, liberal de izquierdas, diplomático de la República... ¡José María de Semprún Gurrea! Antes de la guerra civil probablemente las dos familias se conocían. Al menos sabían lo que una y otra representaban. No descarto que pudieran tratarse, no es imposible.

Bartel sólo ve en mi respuesta la confirmación de su idea.

–¿O sea, que conocías a la familia del embajador de Franco?

Tengo el vago recuerdo de haberme encogido de hombros, ya cansado.

–¡Yo no, mi padre! No es más que una posibilidad... Y eso fue antes de la guerra civil.

–¡No tu padre, tú! –exclama Bartel–. El embajador de Franco en París de quien pide noticias es de ti.

Es decir, que era lo que yo estaba pensando, lo que había empezado a adivinar. La nota de Berlín referente a mí, que habían podido leer entera aquella mañana, antes de que se entregara a la Gestapo de Buchenwald, pide información sobre mí, y procede de París, del embajador de Franco en París, José Félix de Lequerica.

Puedo imaginar perfectamente lo que ha pasado.

Preocupados al haber dejado de recibir cartas mías (toda correspondencia con las familias, autorizada una vez al mes, exclusivamente en alemán, en un formato determinado, se interrumpió con la liberación de Francia, después del mes de agosto de 1944), mi padre había debido de establecer una relación directa o indirecta con un antiguo conocido, aquel embajador, José Félix de Lequerica. Y éste, como la guerra se iba orientando definitivamente en favor de los aliados, no debió de considerar inútil ni inconveniente acceder a esta petición, pidiendo noticias mías por vía diplomática.

–¿O sea –dijo Bartel con voz muy suave–, que no te extraña que el embajador de Franco en París pida noticias tuyas?

No va a soltar su presa, digo para mí mismo.

–No me extraña que mi familia haya tratado de tener noticias mías.

Pero Walter Bartel no se desvía de su camino.

–¿No te extraña que un embajador fascista se preocupe por el estado de salud de un militante comunista?

–Si ha sido mi padre quien le ha pedido que interceda, estoy seguro de que no ha dicho al embajador que yo soy comunista. Seguramente le ha hablado de la Resistencia en general. Además, mi grupo ni siquiera es gaullista, depende de los servicios británicos...

He hecho mal en decir eso, enseguida me muerdo los labios. Involuntariamente he abierto un nuevo frente de inquietud, de sospechas.

Lo noto por su súbita excitación.

–¿Británico? ¿Tú eras agente de un servicio británico?

Pero Jaime Nieto se apresura a intervenir enérgicamente, con precisión. Kaminsky corrobora sus palabras. Piden que no se pierda tiempo con eso. Todas esas cuestiones ya se discutieron conmigo cuando fui encuadrado de nuevo en Buchenwald. Todo pasó por el tamiz, se verificó: mis relaciones con el PCE clandestino en París, el control de la MOI sobre mi actividad, y todo lo demás.

Walter Bartel se queda como frustrado. Está claro que le hubiera gustado ir mucho más al fondo de aquella cuestión.

–El hecho es que hay pruebas de que tu padre mantiene relaciones con un diplomático fascista en París.

Asiento con la cabeza: sí, eso está claro. Mi padre, o alguien en su nombre, se ha puesto en contacto con José Félix de Lequerica para pedirle que interceda, que trate de conseguir noticias mías. Ya no tengo ganas de seguir discutiendo con Bartel. Me acuerdo de la vivienda más que modesta, apenas habitable, casi insalubre, que mi padre ocupa en Saint-Prix, «sobre la colina que une Montlignon a Saint-Leu». Me acuerdo de que este hombre de la alta burguesía sobrevive modestísimamente dando clases en un colegio religioso de los alrededores. Me acuerdo de la banderita tricolor de la República española que tiene en la pared de su cuarto.

Finalmente, después de una nueva intervención de Jaime Nieto, Bartel admite que no soy responsable de la probable gestión de mi padre con José Félix de Lequerica.

Se abandona el interrogatorio. Se me devuelve a la vida del campo.

Walter Bartel se permite un último comentario ácido.

–¡Y pensar que se han corrido peligros para protegerte! Hasta habíamos encontrado el muerto que se necesitaba... ¡Y todo eso para nada! ¡A causa de una petición del embajador de Franco en París dirigida a Von Ribbentrop!

Claro que para eso no me faltaba una respuesta.

Le recuerdo que ha sido el partido alemán el que ha insistido en quitarme de en medio ya desde el domingo, en el *Revier*. Si me hubiesen escuchado, si se hubiera esperado a conocer hoy, lunes, el contenido completo de la nota de Berlín, no habría habido problemas. Yo ya había dicho que la cosa no podía ser grave.

No tiene nada que replicar, se levanta la sesión.

Epílogo

Finalmente, Jiri Zak y yo nos quedamos solos aquella noche. La viuda de Josef Frank se fue. Esperamos a que se alejase hacia una parada de tranvía de la plaza Wenceslas: pequeña, diminuta, canosa, una sombra entre las sombras.

Era en primavera, Praga estaba bella.

Aunque Praga es siempre bella, en cualquier estación. Pero su belleza de primavera es especial. A pesar de la invasión, del control gradual, sistemático, un aire de libertad circulaba aún por las calles, por los jardines floridos.

Incluso sobre las caras. Particularmente sobre las caras de las mujeres.

Un aire de libertad, de desafío: tal vez el último soplo.

Regresé a nuestro hotel para dejar una nota a Costa Gavras y a Bertrand Javal, el productor de *La confesión*: me reuniría con ellos al día siguiente por la mañana. Teníamos una reunión decisiva con el director de los estudios de Barandov.

Luego, Zak y yo anduvimos por las calles largamente.

Más tarde nos detuvimos para tomar una cerveza y comer unas salchichas asadas, al aire libre, a orillas del río.

No, Zak no se acordaba de Louis Armstrong. Quiero decir que ya no se acordaba de cuál era la pieza de Armstrong que tocó en aquel lejano domingo el estudiante noruego.

In the Shade of the Old Apple Tree.

Evocar el *Kino* de Buchenwald y la trompeta de Armstrong hizo que se le ocurriera algo. Me invitó a un local de la ciudad vieja en el que se tocaba buen jazz. Había anochecido, habíamos bebido Pilsen, aguardientes de ciruela. Zak se negaba a beber vodka.

Más tarde llegaron los músicos y fueron a saludar a Jiri Zak. Yo me preguntaba si conocían la existencia de la orquesta de Buchenwald. Sin duda no, Zak era más bien reservado. En cualquier caso, empezaron a tocar. Al principio cada cual lo suyo, tardaban un poco en animarse.

Apenas sonaron los primeros acordes un poco armonizados, Zak me recordó la historia de mi noche en cl *Revier*, en diciembre de 1944.

El lunes por la tarde, cuando volví a mi lugar de la *Arbeitsstatistik*, ante el fichero central, Zak llegó de la *Schreibstube*, que estaba al fondo del pasillo del barracón.

Llevaba una hoja de papel en la mano.

–Mañana tengo una cita con el teniente SS de la *Politische Abteilung* –me dijo–. Para hablar de ti.

–Ya sé por qué.

Se quedó sorprendido, le conté toda la historia: la nota de Berlín, la decisión del Partido, contra mi parecer, la noche con François L. Le hablé con bastante detalle de François. Que todo hubiese terminado con las sospechas de Bartel le hizo sonreír.

–Sin embargo, no es un idiota ni mucho menos –exclamó Zak–. Reconoce que llama la atención que un embajador español se preocupe por ti.

–No se preocupa –le corregí–. Hace un favor personal a alguien del bando opuesto. Pero el bando opuesto está a punto de ganar la guerra.

En resumen, le expliqué las circunstancias concretas.

Zak me interrumpió:

–Déjalo correr –dijo–. Yo no tengo ningún problema. Comprendo muy bien las circunstancias concretas.

Veinticinco años después, en Praga, un cuarto de siglo más tarde, no era aquello lo que podría seguir interesándonos.

–¿Y qué ha sido de Ernst Busse y de Walter Bartel?

Me mira con expresión sombría, de pronto se queda sin voz.

Pasa el tiempo, el silencio se espesa. Me refiero al silencio entre los dos, porque la *kavarna* está ya llena de gente, de humo, de música.

–¿No lo sabes? –me pregunta finalmente.

Parece haber pasado mucho tiempo.

No, no lo sé, ¿cómo iba a saberlo?

A comienzos de los años cincuenta, Ernst Busse y Walter Bartel se vieron envueltos en la espiral mortífera de los últimos procesos estalinistas. Como consecuencia de la sentencia de muerte de Josef Frank en Praga, volvieron a hacerse investigaciones acerca de la actitud política de los responsables comunistas en Buchenwald. Para los consejeros soviéticos que instruían estos procesos en los «países hermanos», los supervivientes de los campos de concentración eran presuntos culpables. El principal motivo de la acusación oficial era el de colaborar con el enemigo. Así, Josef Frank se había visto obligado a confesar que había colaborado con la Gestapo en Buchenwald. Sin embargo, el verdadero crimen de todos esos hombres era haber vivido, luchado, corrido peligros y tenido iniciativas de manera autónoma, lejos de la sombra tutelar de Moscú, en las resistencias europeas, desde la guerra de España.

Ernst Busse no había tenido suerte. Fueron las autoridades de ocupación soviéticas las que instruyeron su proceso. Confesó crímenes de guerra contra los deportados rusos, utilizando su puesto de kapo del *Revier*. Fue condenado y deportado a un campo del Gulag. Murió en Vorkuta en 1952.

Walter Bartel salió mejor librado. En primer lugar porque no fueron los soviéticos los que instruyeron su proceso, sino las instancias de seguridad de la República alemana. Pero sobre todo porque Bartel se negó obstinadamente a colaborar con los fiscales, los inquisidores de su partido. Defendió palmo a palmo sus posiciones políticas, admitiendo haber cometido errores en algunos casos, pero sin confesar ninguno de los crímenes que se le imputaban.

–Ahora –me decía Jiri Zak para concluir, esa misma noche, en Praga, en la primavera de 1969–, ahora es profesor de historia contemporánea en la Universidad Humboldt.

Entonces, en medio del alboroto del local de jazz, entre el humo de los cigarrillos, levantamos nuestros vasos y brindamos a la salud de Walter Bartel.

–*Rotfront* –dijo Jiri Zak.

Y yo le respondí:

–*Rotfront!*

«¡Frente Rojo!», éste era tiempo atrás el saludo de los comunistas alemanes, en la época sectaria y exaltante, miserable y gloriosa, de la lucha final y de la consigna apocalíptica: ¡clase contra clase!

En una mesa vecina, una mujer muy joven, muy rubia y muy bella, nos miraba con indignación. Interpeló a Jiri Zak. Éste le respondió con su voz lenta y tranquila, serena, pedagógica: su voz de militante, de superviviente de Buchenwald. Debió de explicarle las razones, irónicas y emocionadas de nuestro «frente rojo».

Entonces ella levantó su vaso y brindó con nosotros. Era verdaderamente muy hermosa.

Mucho más tarde, cuando empezábamos a sentirnos con la cabeza espesa –pero la música era cada vez mejor, más controlada y más salvaje a la vez–, Jiri Zak se inclinó hacia mí, compañero de memoria y de copas.

–Tú que escribes –me dijo–, deberías hacer otro libro que fuese la continuación de *El largo viaje*...

Desde luego, dijo *Grosse Reise*. Hablábamos en alemán. Él había leído mi libro en alemán.

–Deberías contar la noche en el *Revier*, al lado de tu «musulmán». Y todo lo demás que pasó entonces... ¡Sin olvidarte de Busse y de Bartel!

Es posible que yo hubiese bebido demasiado, pero me pareció que era una idea.